허성도 교수의 중국고전 명상

생각

허성도 교수의 중국고전 명상

생각

허성도 편저

사람과책

책머리에

이 책은 중국의 고전에 나오는 옛 이야기와 이에 대한 필자의 단상斷想을 수록한 것으로서 1995년 12월, 《도시를 걷는 낙타》라는 이름으로 세상에 나왔지만, 이 이름이 책의 내용을 설명해주지 못한다는 지적에 따라 2000년에 《공자도 모르는 게 있고 장자도 후회할 때 있다》라는 이름으로 다시 출간되었다. 이때까지 이 책은 1, 2권의 형태를 유지했었는데, 그동안 단행본으로 출간하자는 의견이 있어 왔다. 이에 따라 세월이 한참 흐른 지금에야 두 권 중에서 마음에 드는 내용을 선별하여 다시 단행본으로 출간하게 되었다.

살아가는 시대가 다르고 살아가는 공간이 다르지만 중국의 옛 이야기에는 보편적인 삶의 진수가 담겨 있다. 필자는 이러한 이야기를 대할 때마다 이야기의 주인공들과 짧지 않은 대화를 나누었다. 이들 가운데에는 편한 마음으로 편한 삶을 살아가는 사람도 있었고, 똑같은 삶을 고통스럽게 살아가는 사람도 있었다. 이들 가운데에는 보이지 않는 지혜를 가진 사람도 있었고, 조용하지만 세상을 놀라게 한 삶을 살아간 사람들도 있었다.

삶은 사실 부질없는 것일 수도 있다. 몇 가지의 욕망을 제거하면 삶은 진정 그렇게 보이기도 한다. 그러나 누구의 삶이건, 그리고 어떠한 삶이건, 삶은 아름다운 것이어야 한다고 믿는다. 왜냐하면 그 삶의 주체인 그 사람은 그가 살아가는 시간과 공간의 주인이기 때문이다.

하늘이 세상에 사람을 내릴 때는 그럴 만한 이유가 있다고 한다. 우리는 그 이유를 잘 모르지만 하늘은 그 이유를 알고 있다. 그러므로 세상에 사는 사람이면 누구나 사랑받고 존중받아야 할 권리가 있다. 자신이 사랑받지 못했다고 생각하는 사람이나 세상으로부터 존중받지 못했다고 생각하는 사람은 하늘의 사랑이나 존중의 의미를 되새겨볼 필요가 있다. 만약 사랑받을 권리나 존중받을 권리가 없는 사람이 존재한다고 생각했다면, 이는 하늘에 대하여 겸손하지 못한 자세이다. 서로의 삶을 아름답게 이해하려는 사고는 참으로 아름답다.

이 책에는 이러한 이야기의 주인공들이 살아 숨쉬고 있다. 필자는 그들과 대화하면서 적지 않은 진실의 보편성을 만날 수 있었다. 이 책은 그러한 보편성의 일부를 소개하려는 시도로 쓰여졌다. 그러나 이 책을 쓰고자 했던 더욱 중요한 목적은, 하나의 이야기에 대한 생각을 나누어 보면서 생각하는 연습을 하려는 것이었다. 생각하는 연습은, 자신의 사고思考의 질서를 잡아주며 판단의 결과를 이끌어내는 흥미로운 작업이다.

필자는 이 책을 집필하면서 가능한 한 깊은 정성을 기울이고자 했다. 이 책의 내용이 독자 여러분의 동의를 받을 수 있다면, 필자에게 이보다 더 큰 영광은 없을 것이다. 이는 책을 쓰는 모든 사람의 소망이기도 하다. 그러나 독자 여러분의 마음에 와 닿지 않는 부분도 적지 않을 것이다. 이는 필자의 좁고 낮은 식견에서 나온 것이므로, 부디 고쳐주고 바로 세워주기를 간곡히 부탁드린다.

2006년 중추절에

허성도

차례

제1장
당신에게 없는 것

붕어의 소원

장자가 너무나 가난해서 먹을 쌀이 없었다.
하루는 쌀을 꾸기 위하여 위魏나라 문후文侯를 찾아갔다.
그의 부탁을 들은 문후가 말했다.
"좋소. 올가을에 세금이 걷히면
황금 삼백 근을 꾸어주리다."
그러자 장자가 화를 내면서 말했다.
"제가 여기로 오는 도중에
어디선가 저를 부르는 소리가 나기에 돌아보았습니다.
그랬더니 수레바퀴 때문에 움푹 파인 진흙탕에서
한 마리 붕어가 저를 부르고 있었습니다.
그래서 제가 물었습니다.
'붕어야, 나를 왜 불렀느냐?'
붕어가 대답했습니다.
'당신은 몇 되의 물로 나를 살려주시지 않겠습니까?'

제가 대답했습니다.
'내가 오吳나라 국왕을 만나서
양자강 물을 범람시켜 너를 구해주마.'
그러자 붕어는 버럭 성을 내면서 말했습니다.
'나는 지금 몇 되의 물이 없어서
목숨을 부지할 수 없는 형편이오.
몇 되의 물만 있으면 생명을 유지할 수 있는데
당신은 그런 황당한 말씀을 하시는구려.
그렇다면 차라리 나를 건어물점에서 찾는 것이 좋을 것이오.'"

— 장자莊子

세상에는 가볍게 할 수 있는 일이 있다.
남을 돕는 일이 이와 같다.
당신이 보통 사람이라면
언제나 남에게 가벼운 도움은 줄 수 있다.
길을 모르는 이에게 친절하게 길을 안내해주는 것은
당신에게는 가벼운 일이지만
그에게는 평생 잊지 못할 도움이 될 수도 있다.
그때 그 사람은 온몸이 지쳐 있을 수도 있으므로.
당신의 팔다리가 성하다면
길가는 노인의 짐을 들어줄 수 있다.
이것이 당신에게는 가벼운 일이지만,
그 노인의 자녀에게는 평생 잊지 못할 일이 될 수도 있다.
자기가 사랑하는 부모의 힘을 덜어주었으므로.
이렇게
이름도 성도 모르지만
당신을 평생 잊지 못하는 사람이 하나, 둘, 셋 늘어간다면
당신의 생애가 어찌 풍성하지 않겠는가.

마음의 주인

어떤 사람이 도끼를 잃어버리자 이웃집 아들을 의심했다.
그의 걸음걸이를 보아도 도끼를 훔친 것 같았고
안색을 보아도 도끼를 훔친 것 같았고
말투를 들어도 도끼를 훔친 것 같았다.
모든 동작과 태도가 도끼를 훔친 사람 같았다.
얼마 후에 골짜기를 지나다가 그는 잃었던 도끼를 찾았다.
다음날 다시 이웃집 아들을 보니
그의 동작과 태도가 전혀 도끼를 훔친 사람 같지 않았다.

— 열자列子

때에 따라
동일한 대상이 다르게 보이는 것은
그때마다
마음의 주인이 다르기 때문이다.
마음의 주인은 항상 변한다.
어느 날은 정의가
어느 날은 탐욕이
어느 날은 진실이
어느 날은 거짓이
마음의 주인으로 자리 잡는다.
탐욕이나 거짓이 마음의 주인으로 자리 잡으면
그때는 도적이 된다.
왕양명王陽明은 말했다.
"산속의 도적을 무찌르기는 쉬우나
마음속의 도적을 무찌르기는 어렵다."
破山中賊易 破心中賊難

대나무 들고 성문 지나가기

긴 대나무를 들고 성문을 지나가려는
노魯나라 사람이 있었다.
그는 대나무를 곧게 세우고 성문을 지나가려 하였으나
성문이 너무 낮아서 그대로는 성문을 지나갈 수 없었다.
그는 다시 대나무를 가로로 들고 성문을 지나가려 하였으나
성문이 좁아서 그렇게 지나갈 수도 없었다.
대나무를 옆구리에 끼고 들어가면 되는데
그는 미처 이 생각을 하지 못했다.
그때 아는 척 잘하는 노인이 그에게 말했다.
"나는 성인은 아니지만 수많은 일을 경험했다오.
그대는 왜 나무를 잘라 가지고 지나갈 생각을 못 하오?"
그는 노인의 말을 듣고
대나무를 토막토막 자른 다음에야 성문을 지났다.

— 소림笑林

한 가지 생각에만 파묻히면
다른 생각이 떠오르지 않는다.
그래서 총명한 사람도 가끔은 바보가 된다.
그러나 본질적으로
다양하게 생각하기를 거부하는 사람이 있다.
그들은 항상 자기 생각이 옳다고 여기지만
경우에 따라서는
대나무를 잘라 들고 성문을 지나가라고 남에게 충고하거나
실제로 대나무를 잘라 들고 성문을 지나가는 사람과
똑같이 행동한다.

거대한 나무는 쓸모가 없다

장석匠石이라는 목수가 제齊나라에 갔다.
그는 마침 길가의 사당에 있는 거대한 나무를 보게 되었다.
그 크기는 소떼를 뒤덮을 정도였으며
줄기의 둘레가 백 아름은 되었고, 높이는 산을 굽어보았다.
그곳은 이 나무를 보려는 구경꾼들이 몰려들어서
시장처럼 북적거렸다.
그러나 장석은 돌아보지도 않고 걸음을 재촉할 뿐이었는데,
동행하던 제자는 실컷 구경을 하고 나서
장석을 뒤쫓아가 말했다.
"제가 도끼를 들고 선생님을 따른 이후
이와 같이 큰 목재는 본 적이 없었습니다.
그런데도 선생님께서는 쳐다보지도 않으시니
무슨 까닭입니까?"
"쓸데없는 말은 하지 마라.

저것은 아무런 쓸모도 없는 나무이니라.
저 나무로 배를 만들어보았자 가라앉을 것이고
관을 만들어보았자 곧 썩을 것이다.
가구를 만들어도 금방 부수어질 것이며
문을 만들어도 진이 흐를 것이고
기둥을 만들어도 벌레 먹을 것이니
취할 것이 하나도 없는 나무다.
이를 어떻게 아는가?
저 나무는 쓸 데가 없는 까닭에
저렇게 오래 산 것이다."

— 장자莊子

장석의 제자는

왜 나무를 보고 감탄했는가?

그 나무의 크기만을 보았기 때문이다.

장석은 왜 그 나무를 가치 없다고 했는가?

그 나무가 오래 살게 된 원인을 보았기 때문이다.

우리는 무엇을 보고 사물을 판단하는가?

아름다움의 뒤에는 추함이 있을지도 모른다.

위대함의 뒤에는 비겁함이 있을지도 모른다.

풍요의 뒤에는 가난이 있을지도 모른다.

그리고 이들의 역이 성립할지도 모른다.

악기를 만드는 법

자경梓慶이라는 사람이 나무를 깎아 악기를 만들었다.
그 악기는 너무나 훌륭하여
보는 사람들은 누구나 놀라움을 금치 못했다.
노魯나라 왕도 이를 보고 감탄한 나머지 그에게 물었다.
"너는 어떻게 이것을 만들었느냐?"
자경이 대답했다.
"신은 악기를 만들 때 반드시 목욕을 하여
마음을 평안하게 합니다.
목욕하고 사흘이 지나면
악기를 잘 만들어 상이나 벼슬 같은 것을 얻겠다는
생각이 없어지고
닷새가 지나면
비난이나 칭찬받는 것이 생각나지 않기 때문에
일의 결과에 대한 집착이 없어집니다.

이레가 지나면
자기에게 손발이나 신체가 있다는 것도 완전히 잊게 됩니다.
이때가 되면 악기 만드는 생각에만 파묻히게 되므로
마음을 번거롭게 하는 일상의 일은 완전히 사라지고 맙니다.
이렇게 된 이후에야 비로소 산으로 들어가
나무의 성질과 생김새를 관찰합니다.
그리하여 적절한 나무를 찾으면
그것이 악기로 완성된 모습을 머릿속에 그려봅니다.
이러한 조건이 갖추어진 다음에야 악기를 만들기 시작합니다.
이는 저의 뜻을 하늘의 뜻과 같게 하려는 것입니다."

— 장자莊子

금붕어 기르는 사람 이야기—

금붕어를 기르기란 쉬운 일이 아니다.
금붕어 알이 부화되면
금붕어 새끼 수천 마리가 깨알처럼 어항 속을 헤엄쳐 다닌다.
주인은 항상 어항을 쳐다보며 금붕어들이 잘 자라는지를 살핀다.
그리고 그 수많은 물고기 중에서 병든 금붕어를 찾아낸다.
다른 사람에게는 보이지 않는 병든 금붕어가
주인의 눈에는 보이는 것이다.
병든 금붕어가 발견되면
주인은 그것을 따로 떠내어 약을 먹인다.
그 약값은 새끼 금붕어 값보다 엄청나게 비싸다.
어떤 사람이 그에게 물었다.
"차라리 새끼 금붕어 한 마리를 포기하는 것이
더 경제적이지 않습니까?"
주인이 대답했다.
"새끼 한 마리를 살리려는 정성이 없으면
다른 금붕어도 살리지 못합니다."

모든 일은 정성이다.

자기의 일에 최대한의 정성을 기울이는 것,

보기에 아름답다.

행여 사람이 몰라줄지라도 하늘은 안다.

나는 나의 일에 얼마나 정성을 쏟고 있는가?

당신에게 없는 것

제齊나라에 풍훤馮諼이라는 사람이 있었다.

그는 워낙 가난하였으므로 맹상군孟嘗君의 식객이 되고자 했다.

그는 맹상군에게 밥만 먹여달라고 요구했다.

맹상군이 그에게 물었다.

"그대의 취미는?"

"별로 없습니다."

"그럼 특기는?"

"아무것도 없습니다."

그러자 맹상군은 웃으면서 그를 받아들였다.

좌우 식객들은 그를 업신여겼으며

그에게 대접하는 음식도 좋지 않았다.

시간이 얼마 지나자 풍훤은 벽에 기대어 노래를 불렀다.

"돌아가자. 여기서는 식사 때 생선 한 토막 먹을 수가 없구나!"

식객들이 이 소식을 맹상군에게 전하자 맹상군이 말했다.

"이후로는 생선 먹는 식객 대우를 해주어라."

시간이 얼마 지나자 그는 다시 노래를 불렀다.

"돌아가자. 여기서는 타고 다닐 수레도 없구나."

그러자 식객들은 그를 비웃으며

이 사실을 맹상군에게 또 알렸다.

맹상군이 말했다.

"수레를 주어라. 수레 타는 식객 대우를 해주어라."

그러자 풍훤은 수레를 타고 맹상군이 자신에게 상객 대우를 해준다고 자랑하며 다녔다.

그러나 얼마 후 그는 다시 노래를 불렀다.

"돌아가자. 여기서는 가족을 먹여 살릴 수 없구나."

식객들은 그가 탐욕스럽고 경우 없는 사람이라고 생각했다.

맹상군이 물었다.

"풍훤에게 가족이 있느냐?"

"노모가 계시다고 합니다."

맹상군은 사람을 시켜 노모에게 옷과 음식을 보내주었다.

어느 날 맹상군이 식객들에게 물었다.

"누가 회계를 배웠는가? 나를 위해 설薛 지방에 가서

도조 빚을 받아올 자는 없는가?"

이때 풍훤이 자기가 가겠다고 대답했다.

맹상군이 놀라 물었다.

"이 사람이 누구냐?"

좌우가 대답했다.

"전에 노래를 부르던 그 사람입니다."

"그래? 그에게 그런 재주가 있었는가?

내가 너무 그를 무시해서 만나지 않은 게 잘못이로군."

맹상군은 그에게 일을 맡겼다.

풍훤이 채권 계약서를 가지고 떠나면서 맹상군에게 물었다.

"빚을 다 받으면 어떻게 할까요?"

"우리 집에 부족한 것을 사 오게."

풍훤은 설 지방에 도착하자 그 지방 사람들을 불러놓고

그들의 토지와 문서의 내용이 맞는가를 확인했다.

이 일이 끝나자 풍훤은 그 문서를 소작인들에게 주고

모두 태워버리게 했다.

이는 맹상군의 토지를 그들에게 영원히 주겠다는 뜻이었다.

풍훤은 이것이 맹상군의 뜻이라고 말했다.

그들은 모두 "맹상군 만세!"를 외치며 좋아했다.

풍훤은 곧장 제나라로 말을 몰아 맹상군을 만났다.

맹상군은 그가 이렇게 일찍 돌아온 것에 놀라면서 물었다.

"그래, 빚은 다 받았는가? 어떻게 이렇게 빨리 돌아왔는가?"

"예, 다 받아왔습니다."

"무얼 사 왔는가?"

"군께서는 집에 부족한 것을 사 오라고 하셨지요?

그래서 제가 깊이 생각해보았는데

군의 집에는 온갖 보화가 가득 찼고

집 밖으로는 살찐 가축들이 마구간과 우리에 가득 찼으며

뒤뜰엔 미녀들이 우글거리니 무엇이 부족하겠습니까?

제가 보기에 조금 모자란 것이 있었는데,

그것이 바로 '믿음'이었습니다.

그래서 그 '믿음'을 사 왔습니다."

"아니! 믿음을 사 오다니?"

"현재 군께서는 작은 영지領地인 설 지방을 가지고 있는데

그곳 백성들을 자녀처럼 사랑해주지는 못할망정

오히려 그들에게서 이익을 취하고 있습니다.

그래서 생각 끝에 군의 뜻이라 하고
채무 문서를 모두 태워버리라고 했습니다.
그랬더니 모두 '맹상군 만세'를 외쳤습니다.
이것이 바로 제가 군을 위해 사 온 '믿음'입니다."
맹상군은 기분이 좋지 않았지만
차마 그를 탓할 수는 없었다.
그로부터 일 년 후 제나라 왕은 맹상군에게 사직을 권고했다.
맹상군은 할 수 없이 영지인 설 지방으로 가기로 했다.
그와 그의 가족들이 설 지방으로 가자
그곳 백성들은 맹상군을 영접하기 위하여
백 리 밖까지 나와 길을 메우고 있었다.
그때서야 맹상군은 풍훤을 돌아보며 말했다.
"선생이 나를 위해 '믿음'을 사 온 것을
오늘에서야 보게 되는구려."
그 후로도 풍훤은 맹상군을 도와
그가 다시 제나라의 재상이 되도록 했다.

— 전국책戰國策

시냇물 흐르는 소리는 크게 들리지만
바닷물 흐르는 소리는 들리지 않고,
사각형에서는 네 개의 각이 선명하게 보이지만
수천만각형의 원에서는 오히려 각이 보이지 않는다.
들리지 않는 것을 듣고
보이지 않는 것을 보는 사람은
현명한 사람이다.
그들은
작은 이익을 포기하고
큰 이익을 얻는다.
보통 사람에게는 작은 이익만 보이고
큰 이익은 보이지 않지만,
현명한 사람들에게는 큰 이익이 보이기 때문이다.
현명한 사람들은
눈앞의 작은 일보다는
미래의 큰일에 대비한다.
그들에게 미래는 결코 요원한 것이 아니다.
미래는 언젠가 반드시 온다는 것을 알기 때문이다.

장자의 장례

장자가 죽음을 앞두자
제자들은 성대한 장례식을 계획하고 있었다.
그러자 장자가 말했다.
"나는 천지를 관이라 생각하고
해와 달과 별을 구슬로 보고
세상 만물은 나를 위한 장식이라고 생각해왔네.
나를 장사 지내는 장식물이야
이것으로 충분하지 않은가!
이 이상 아무것도 필요치 않으니
나의 시체를 산에다 버리거라."
제자들이 말했다.
"까마귀나 솔개가 선생님의 시신을 먹지 않을까 걱정입니다."
장자가 말했다.
"땅 위에 버려두면 까마귀나 솔개가 먹을 것이요

땅 밑에 묻으면 개미가 먹을 것인즉
모처럼 까마귀나 솔개가 먹게 되어 있는 것을 빼앗아
개미에게 주는 것도
또한 불공평한 처사가 아니냐."

— 장자莊子

크다!

장자의 생각은.

세상의 모든 오염된 인식을 초월해 있다.

우리가 그 경지에 갈 수는 없는 것일까?

갈 수 없다면 흉내라도 내보자.

억지 흉내라도 자꾸 내다보면

본질에 가까이 갈 수도 있다.

대장부인 척 하다보면

대장부에 가까운 행동이 나오고

겁이 날지라도 용감한 척 하다보면

용감한 사람이 된다.

우리가 아는 대장부와 용감한 사람은

원래 이런 과정을 통하여 나오는 것인지도 모른다.

요동땅의 흰 돼지

옛날 요동遼東땅에 돼지를 기르는 사람이 있었다.
그가 기르는 돼지는 모두 검은색이었으며,
그 동네의 돼지도 모두 검은색이었다.
하루는 그 검은 돼지가 새끼를 낳았다.
그런데 그 새끼돼지의 머리가 흰색이었다.
그는 대단히 상서로운 징조라고 여기며
이 흰색 돼지를 천자에게 바치면
큰 벼슬을 할 수 있으리라고 믿었다.
그는 새끼돼지를 소중히 안고 길을 떠났다.
어느 곳에 이르러 강을 건너기 위해 배를 타게 되었다.
배에서도 그는 새끼돼지를 품에 끌어안고 있었다.
같이 배에 타고 있던 사람들이 이를 기이하게 여겨
그에게 사정을 물었다.
그는 이 귀한 돼지를

천자에게 바치고자 하는 뜻을 이야기했다.

그러자 함께 배에 타고 있던 사람들이 모두 큰소리로 웃었다.

그는 사람들이 웃는 영문을 몰랐다.

강을 건너자 배에서 내리니 강동江東땅이었다.

그는 어느 동네로 들어갔다.

그런데 그 동네의 돼지들은 모두가 흰색이었다.

그는 비로소 배에 탔던 사람들이 웃었던 이유를 알았다.

— 후한서後漢書

이렇듯 남이 보면 당연하거나 보편적인 일을
멋모르고 자랑하거나 기이하게 여기는 경우가 있다.
자랑거리가 있어도 꾹 참아보는 것은
좋은 일이며,
화가 나는 일을 참아보는 것은
더욱 좋은 일이다.
자랑거리나 화낼 거리를 꾹 참고 있으면
언제든지 풀어놓을 수 있는 권리가
나에게 있으나,
일단 풀어놓으면
변명하거나 해명하거나
심지어는 사과해야 할 의무만이
뒤따르기 때문이다.

명궁은 활을 자주 쏘면 안 된다

초楚나라에 양유기養由基라는 명궁이 있었다.
그는 활을 얼마나 잘 쏘았던지 백 보 떨어진 거리에서
버들잎을 쏘아도 백발백중이었다.
그가 어느 날 동네에서 활을 쏘는데
좌우에서 구경하던 사람들이 모두 "와!" 하고 놀라워하며
감탄했다.
그때 지나가던 행인이 말했다.
"제법 잘 쏘는군. 가르칠 만하구나."
이 말을 듣고 양유기가 말했다.
"사람들이 나를 보고 활을 잘 쏜다고 하는데
그대는 오히려 가르칠 만하다고 하니
그렇다면 나에게 활쏘기를 한번 가르쳐주시지요."
그러자 그 사람이 말했다.
"나는 그대에게 왼팔을 펴라든가 오른팔을 굽히라든가 하는

동작 따위는 가르칠 수가 없네.
그러나 보게.
버들잎까지 쏘아 맞추는 당신 같은 사람은
틀림없이 그 솜씨를 자랑하기 위하여
자주 활을 쏘게 될 것이고,
그렇게 되면 얼마 후에는 기력이 쇠약해져서
활을 제대로 잡지도 못하고
화살을 당기지도 못하게 될 것일세.
그때는 지금까지 들어온 명궁이라는 칭찬이
하루아침에 사라진다는 것쯤은 가르쳐줄 수 있지."
양유기는 물었다.
"그럼 어떻게 해야 하겠습니까?"
그가 대답했다.
"명궁은 활쏘기를 아낄 줄 알아야 한다네.
그리하면 힘이 축적되어
평생 명궁 소리를 들을 수 있을 것이야."

— 전국책戰國策

가을에 맺힌 씨앗이

곧바로 싹트는 일은 없다.

한겨울 추위를 지내고

어두운 흙 속에 갈무리 된 다음에야

그 작은 것이 대지를 뚫고

맑고 밝은 얼굴을 내민다.

이와 같이 모든 것은 갈무리를 해야 한다.

그러므로

힘이 있는 사람은 힘을 아껴야 하고

재주가 있는 사람은 재주를 아껴야 하고

지혜가 있는 사람은 지혜를 아껴야 한다.

조용하고 은은하게

힘과 재주와 지혜를 곰삭혀야 한다.

그런 후에야 농익은 힘과 재주와 지혜가 나온다.

하나를 보고 열을 안다

주왕紂王은 천하의 폭군이었다.
그가 폭군이 되기 전에
하루는 상아 젓가락을 만들게 했다.
기자箕子가 이를 보고 나라의 장래를 걱정하기 시작했다.
기자는 생각했다.
'상아 젓가락을 쓰게 되면
흙으로 빚은 질그릇을 사용하지 않고
무소의 뿔이나 옥으로 만든 잔과 그릇을 쓰려 할 것이다.
그토록 귀한 그릇과 상아 젓가락을 사용하게 되면
검소한 음식이나 채소는 먹지 않고
들소 고기나 표범의 태반 같은 진귀한 고기만 찾을 것이다.
그같이 진귀한 고기만 먹으면
백성들이 지내는 움막 같은 가옥은 멀리하고
첩첩궁궐 고대광실 같은 좋은 집에서만 살고자 할 것이다.

이렇게 되면 천하의 어떤 진귀한 것들도
그의 욕망을 채워주지 못할 것이다.'
성인은 미세한 기미를 보고도
그것이 앞으로 드러낼 모습을 미리 알며
일의 시작을 보고 미래의 결과를 예측한다.
그런 까닭에 기자는
상아 젓가락을 보고도 나라의 장래를 걱정했던 것이다.

— 한비자韓非子

양복을 새로 사면
와이셔츠도 새로 사고 싶고
넥타이도 새로 사고 싶고
구두도 새로 사고 싶고
이발도 하고 싶다.
집을 사면
장롱도 새것이 좋고
의자도 새것이 좋고
주방기기도 새것이 좋다.
검소하던 사람도 자칫 도를 넘는다.
이것이 습관이 되면
검소라는 말은 기억에만 남는다.
그리고 검소라는 말을 기억하는 것만으로
자기는 검소하다고 생각한다.
잘사는 사람들도 많은 경우에
자신이 검소하다고 생각하는 것은
이러한 이유 때문이다.
기미를 알고 미리 대비하는 것은 훌륭한 일이다.

나쁜 말도 들으시오

초楚나라에 강을江乙이라는 사람이 있었다.
그는 소해휼昭奚恤이라는 신하가
악행을 저지르는 것을 몹시 싫어했다.
강을은 이를 왕에게 알려야 한다고 생각했다.
그러나 다른 신하의 나쁜 점을 말할 때
왕이 이를 좋게 받아들일지 나쁘게 받아들일지를 알 수 없었다.
그는 왕에게 먼저 이렇게 말했다.
"아랫사람이 힘을 모아 작당을 하면 윗사람이 위험하고
아랫사람이 서로 다투면 윗사람이 편안하다는 말이 있습니다.
이 말을 잊지 마시기 바랍니다."
그는 아랫사람끼리의 다툼이 왕에게
해로운 것이 아니라는 사실을 먼저 알려놓고 이어 말했다.
"다른 사람의 장점을 말하기 좋아하는 사람이 있다면
왕께서는 어떻게 생각하십니까?"

"그런 사람은 군자이므로 내가 가까이 해야지."

"다른 사람의 단점을 말하기 좋아하는 사람이 있다면
왕께서는 어떻게 생각하십니까?"

"그런 사람은 소인배니 당연히 멀리해야지."

"그렇다면 아들이 아비를 죽이고
신하가 임금을 죽이는 자가 있어도
왕께서는 끝까지 모르게 될 것입니다.
왕께서는 다른 사람의 장점만 듣고
다른 사람의 단점은 들을 수 없기 때문입니다."

그러자 왕이 무릎을 치며 말했다.

"그대의 말이 옳도다!
나도 이제부터는 장점과 단점을 모두 들으리라."

강을은 비로소 소해휼의 나쁜 점을 말하기 시작했다.

— 전국책戰國策

좋은 말만 들으려 하면
좋은 말만 들리고,
나쁜 말만 들으려 하면
나쁜 말만 들린다.
좋은 말을 들으면
영혼이 기쁘고,
나쁜 말을 들으면
귀를 버린다.
그러나 당신이 높은 직위에 있다면
나쁜 말도 들을 수 있어야 한다.
그래야 공정한 판단이 가능하기 때문이다.
그렇다고 이것을 즐겨서는 안 된다.

약초가 귀하다지만 약초밭에는 많다

제齊나라의 재담가에 순우곤淳于髡이라는 사람이 있었다.
그가 하루는 일곱 명의 선비를
한꺼번에 선왕宣王에게 추천했다.
그러자 왕이 순우곤에게 물었다.
"과인이 듣건대 천리에서 한 명의 선비만 얻어도 많은 것이요
백세에 한 사람의 성인만 나와도 많다고 했는데
그대는 하루아침에 일곱 명의 선비를 추천했으니
세상에 선비가 너무 많은 것이 아닌가?"
순우곤이 대답했다.
"그렇지 않습니다.
새는 같은 털을 가진 것끼리 모여 살며
짐승도 같은 발굽을 가진 것끼리 모여 살지 않습니까?
산에서 나는 귀한 약초는
물가에서 백날 찾으면 하나도 얻지 못합니다.

그러나 약초가 자라는 깊은 산에 가면
수레에 가득 싣고 돌아올 수 있습니다.
무릇 사물은 자기가 노는 물이 있는 법이니
바로 저 같은 사람이 현자들이 노는 물입니다.
사정이 이러하니 왕이 저한테서 선비를 구하는 것은
냇물가에서 물을 긷는 것과 같고
부싯돌에서 불을 얻는 것과 같이 쉬운 일입니다.
아직도 추천할 사람들이 더 있는데
어찌 일곱 명을 많다고 하십니까?"

— 전국책戰國策

유유상종類類相從,

같은 무리는 같이 모인다.

쑥이 한 포기 있으면

부근에 반드시 쑥밭이 있다.

토끼는 토끼와 놀고 사슴은 사슴끼리 모인다.

그러므로 친구를 보면 그 사람을 알 수 있다.

신랑감을 고르는 방법.

그의 가장 친한 친구들을 불러 술을 마시게 하라.

그와 친구가 서로 비슷하면

그는 보통 사람이다.

친구들이 그보다 못하면

당신이 그를 잘못 보고 있거나

그가 당신을 속이고 있다.

그보다 친구들이 더 훌륭하게 보이면

그를 믿어도 된다.

친구가 훌륭하면 그가 설령 못났어도

한평생을 살기에 큰 부족함은 없다.

그러나 이 방법이 신붓감을 고르는 방법은 절대 아니다.

제2장
원수를 은인으로 만든 사람

어머니의 통곡

오기吳起 장군이 중산국中山國을 공격할 때
한 병사가 심하게 부상을 당해 상처에서 고름이 나왔다.
장군은 자기의 입으로 직접 그 병사의 고름을 빨아냈다.
그 병사의 어머니는 이 소식을 듣자 통곡했다.
주위 사람들이 물었다.
"장군이 당신의 아들을 그처럼 아끼니 이는 영광입니다.
그런데도 통곡을 하는 이유가 무엇입니까?"
어머니가 대답했다.
"오기 장군이 예전에도
그 아이 아버지의 고름을 빨아주었습니다.
아이 아버지는 그 은혜를 잊지 못하고
장군을 위하여 목숨을 걸고 싸우다가
결국 죽고 말았습니다.
이제 장군이 또 자식의 고름을 빨아주었으니

자식도 또한 장군을 위하여 목숨을 걸고 싸우다
죽을 것이 분명합니다.
사정이 이러하니 내가 어찌 울지 않겠습니까?"

— 한비자韓非子

패러독스.

하나의 상황에 대한

여러 가지의 상반된 판단이 모두 옳을 수 있다.

장군이 병사를 아끼는 자세도 옳고

아들이 이러한 장군을 위해 생명을 바치는 것도 옳고

어머니가 그것을 가슴 아파 하는 것도 너무나 옳다.

매를 살리려면

병아리를 죽여야 하고,

이 사람을 돕자면

저 사람을 버려야 한다.

싸우는 양편의 말을 들으면

둘 다 옳고,

싸우는 두 나라의 말을 들어도

둘 다 옳다.

어떻게 행동할 것인가를 결정하기는 이래서 어렵고

사물의 진실을 알기도 이래서 어렵다.

한쪽의 말만 듣고 섣불리 판단해서는 안 되고

더더구나 섣불리 행동해서는 안 되는 이유가 여기에 있다.

까치와 수레바퀴

공수자公輸子라는 사람이 있었다.
그는 나무를 깎아 물건을 만드는 재능이 뛰어났다.
그가 하루는 대나무로 까치를 만들었다.
이 대나무 까치를 하늘로 날려보냈는데
까치는 하늘로 훨훨 날아가 사흘이 지나도록 내려오지 않았다.
그는 자신의 멋진 재능에 스스로 만족했다.
이때 묵자가 공수자에게 말했다.
"자네의 그러한 재능은
기술자가 수레바퀴 만드는 솜씨만도 못하다네.
그들은 잠깐 사이에 나무를 깎아서
무거운 짐을 운반하게 한다네.
그런데 나무로 만든 까치가 하늘을 날아간들
그것이 사람들에게 무슨 도움을 준단 말인가?"

— 묵자墨子

사람마다 재능이 있다.
어떤 사람은 말을 잘하는 재능이 있고
어떤 사람은 글 쓰는 재능을 가지고 있으며
어떤 사람은 공부를 잘하는 재능을 가지고 있다.
그러나 어떠한 재능이든
자신과 타인에게 유익하게 사용되어야 한다.
재능이 자신의 이익만을 위하여 사용되거나
심지어 다른 사람을 해치기 위하여 사용된다면
이는 재능이 아니라 오히려 화근이다.
자신만이 아니라 세상을 혼란스럽게 하는 화근이 될 수도 있다.
자신의 재능을 펴가는 경우,
이 재능이 나만의 이익을 위한 것인지
아니면 다른 사람에게도 유익한 것인지
자주 뒤돌아보아야 하는 이유가 여기에 있다.
자주자주 뒤돌아보지 않으면 대개는 방향을 잃는다.
그리고 이때부터
자기도 모르게 죄를 짓는다.

이런 대답 저런 대답

자로子路가 스승인 공자에게 물었다.
"옳은 것을 들으면 바로 행동에 옮겨야 합니까?"
공자가 대답했다.
"자네의 부친과 형님이 살아 계시는데
어떻게 그들의 뜻을 존중하지 않고
듣는 대로 바로 행동에 옮길 수 있겠는가?"
염유冉有가 공자에게 같은 질문을 했다.
"옳은 것을 들으면 바로 행동에 옮겨야 합니까?"
공자가 대답했다.
"들으면 바로 행동에 옮겨야 한다."
이 대화를 듣고 있던 또 다른 제자 공서화公西華가
공자에게 물었다.
"자로가 이 문제를 선생님께 여쭈었을 때는
부친과 형님의 뜻을 들어서 행동해야 한다고 말씀하시고

염유가 여쭈었을 때는 바로 행동에 옮기라고 하시니
제가 선생님의 뜻을 잘 모르겠습니다."
공자가 대답했다.
"염유는 성격이 나약하므로 그렇게 말했고
자로는 너무나 덤비는 성격이기에 그렇게 대답한 것이다."

— 논어論語

똑같은 질문에도 서로 다른 대답이 나올 수 있다.
이와 마찬가지로 똑같은 현상에서
서로 다른 결론이 나올 수도 있다.
우리는 흔히 어떠한 사항에 대하여
하나의 해답만을 요구하는 습성이 있다.
그러나 이러한 습성이 옳은 것은 아니다.
동일한 상황으로 보이는 것도
내면의 사실은 다를 수 있으며
동일한 결론이 나오는 일도
내면의 원인은 다를 수 있다.
하나의 상황에도
여러 개의 진실이 존재할 수 있다는 믿음은
우리에게 풍성한 여유를 준다.

미인과 추녀

양자楊子가 송宋나라로 가는 도중에
어느 여관에서 묵게 되었다.
여관 주인에게는 첩이 두 명 있었는데
한 사람은 예쁘고 한 사람은 못생겼다.
그런데 박색인 첩은 좋은 대우를 받으며 살고 있었고
미인인 첩은 천대를 받고 있었다.
양자가 그 까닭을 물었더니
심부름하는 사람이 대답했다.
"미인인 쪽은 스스로 아름답다는 것을 알고는
항상 오만합니다.
그러기에 제 눈에도 예쁘게 보이지 않습니다.
그러나 못생긴 쪽은 자기가 부족한 줄을 알고
항상 겸손합니다.
그러기에 제게도 추하게 보이지 않습니다."

양자가 말했다.

"제자들아, 잘 기억해두어라.

어진 행동을 하면서도

스스로 어질다는 생각을 하지 않을 수 있다면

어디에서나 사랑받지 않겠는가?"

— 장자莊子

겸손은 좋은 것이다.

겸손한 사람은 아름다워 보이기도 한다.

겸손하게 나를 대하는 사람을 만날 때마다 알 수 있지 않은가?

그러나 겸손이란 쉬운 것이 아닌가보다.

나를 겸손히 대하는 사람을

좋아하면서도

내가 남에게 겸손히 대해야 한다는 것은

곧잘 잊는다.

아니,

정신차리지 않으면 항상 잊는다.

원수를 은인으로 만든 사람

제齊나라 맹상군孟嘗君의 문객 중에
맹상군의 부인을 사모하는 자가 있었다.
어떤 사람이 이를 알고 맹상군에게 말했다.
"당신의 문객으로서 당신의 부인을 몰래 흠모하고 있다니
너무나 의롭지 못한 일입니다. 그를 처단하십시오."
맹상군은 태연하게 말했다.
"서로 좋아하여 사모의 정을 품는 것은 인지상정이다.
그대로 두어라."
그리고 일년쯤 지난 후에 맹상군이
자기의 부인을 흠모하던 자를 불렀다.
"그대와 나와 교유한 지가 오래이다.
그런데 높은 자리가 나지 않아
그대에게 주지 못해 늘 미안했다.
내가 위군衛君과 친한 사이여서

그대를 이미 부탁해놓았으니
이제부터 위군과 교유해봄이 어떻겠나?"
그가 위나라로 가자 과연 크게 환영을 받았다.
세월이 한참 지난 후
제나라와 위나라 사이가 악화되었다.
위군은 다른 나라와 맹약을 맺고 제나라를 공격하려 했다.
이때 그 문객이 나서서 위군에게 말했다.
"제가 듣건대 제나라와 위나라는
선왕 때 이미 말을 잡고 양을 잡아
'제나라와 위나라는 서로 침략하지 않으리라' 라고
맹세했습니다.
그런데 지금 사소한 감정으로 제나라를 공격하려 하시니
이는 선조의 맹약을 배반하는 것이요
또한 맹상군을 속이는 일입니다.
원컨대 제나라에 대한 감정을 푸십시오.
만약 제 말을 안 들어주신다면
제가 불초해서 그런 것으로 알고
당장 제 목의 피를 내어 그대의 옷깃에 뿌리겠습니다."

그러자 위군은 마음을 풀었다.

제나라 사람이 이 소식을 듣고 말했다.

"맹상군은 과연 훌륭하다.

화를 바꾸어 공으로 만들었구나."

— 전국책戰國策

살다보면
좋은 일만 만나는 것은 아니다.
때로는 화나는 일
손해 보는 일
아무리 생각해도 억울한
그러한 일도 생기게 마련이다.
그러나 감정을 잠시 누르고
현재의 불행한 일을
앞날의 즐거움거리로 만들 수 있다면
이는 얼마나 멋지고 현명한 일인가?

공자의 후회

공자가 제자들과 채蔡나라로 갈 때의 이야기이다.
도중에 양식이 다하여 채소만 먹으며 일주일을 버텼다.
그들은 모두 기진맥진한 상태가 되었다.
공자도 힘이 없어 잠시 잠이 들었다.
공자가 아끼는 제자 중에 안회顔回라는 사람이 있었는데
그가 어디선가 쌀을 조금 얻어왔다.
그는 빨리 밥을 지어 선생님께 드리고 싶었다.
밥이 익어갔다.
그때 공자도 잠을 깼는데 마침 밥냄새가 코끝에 스쳤다.
공자는 웬일인가 하여 부엌을 들여다보았다.
마침 안회는 솥뚜껑을 열고 있다가
밥을 한 움큼 꺼내어 자기 입에 넣는 중이었다.
공자는 생각했다.
'안회는 평소에

내가 밥을 다 먹은 후에야 자기도 먹었고
내가 먹지 않은 음식이면 수저도 대지 않았는데
이것이 웬일일까?
평소의 모습이 거짓이었을까?
다시 가르쳐야 되겠구나.'
그때 안회가 밥상을 차려 공자에게 가지고 왔다.
공자가 어떻게 안회를 가르칠까 생각하다가
기지를 발휘하여 이렇게 말했다.
"안회야, 내가 방금 꿈속에서 선친을 뵈었는데
밥이 되거든 먼저 조상에게 제사를 지내라고 하시더구나."
공자는, 제사 음식이야말로 깨끗해야 하며
누구도 미리 손대지 않아야 한다는 것을 안회도 알기 때문에
그가 먼저 먹은 것을 뉘우치리라고 생각했다.
그런데 안회의 대답은 달랐다.
"선생님, 이 밥으로는 제사를 지낼 수 없습니다."
공자가 놀라서 물었다.
"왜 그런가?"
"이 밥은 깨끗하지 않습니다.

제가 조금 전 뚜껑을 열었을 때
천장의 먼지가 내려앉았습니다.
선생님께 드리자니 더럽고
그렇다고 밥을 버리자니 너무 아까워서
제가 그 부분을 덜어내어 먹었습니다."
공자는 이 말을 듣고 안회를 의심한 것이 부끄러웠다.
공자는 곧 제자들을 모아놓고 말했다.
"예전에 나는 나의 눈을 믿었다.
그러나 나의 눈도 완전히 믿을 것이 못 되는구나.
예전에 나는 나의 머리를 믿었다.
그러나 나의 머리도 완전히 믿을 것이 못 되는구나.
너희들은 알아두거라.
한 사람을 진정으로 이해한다는 것은
참으로 어려운 일이라는 것을."

— 여씨춘추呂氏春秋

사람의 눈과 머리는

너무 믿을 것이 못 된다.

그러므로

이에 따라 함부로

다른 사람을 단정해서는 안 된다.

사람을 판단하는 일에 관한 한

성인 공자도 자기의 눈과 머리를 믿지 않았다.

독선과 오해는

자신의 눈과 머리를 너무 믿는 데에서 생긴다.

코를 새기려면 크게 새겨라

나무에 조각을 하는 데에도 요령이 있다.
코는 될수록 크게 하고
눈은 될수록 작게 새긴다.
코를 크게 새겨놓으면 나중에라도 작게 고칠 수 있지만
일단 작게 새겨놓으면 나중에 크게 고칠 수 없으며
눈을 일단 작게 새겨놓으면 나중에라도 크게 고칠 수 있지만
일단 크게 새겨놓으면 나중에 작게 고칠 수 없기 때문이다.
세상일이 또한 이와 같아서
어떤 일이든지 나중에라도 고칠 수 있게 해놓아야 한다.

— 한비자韓非子

앞날의 여유를 준비하는 삶은

마음이 편하고 풍요롭다.

내가 먼저 화를 내면

훗날 상대에게 사과를 해야 하고

내가 지금 참으면

훗날 상대가 나에게 사과한다.

여유 있게 약속하면

행동에도 여유가 생기지만

"예, 아니요"라고 함부로 말해놓으면

행동에도 여유가 없다.

내가 상대방과 공평하게 나누었다고 생각하면

상대방은 부족하다고 생각하고,

나보다 상대방에게 많이 주었다고 생각하면

상대방은 그제야 공평하다고 생각한다.

항상 다음 일에 대비하자.

없는 호랑이도 나타난다

어떤 사람이 위나라 왕에게 물었다.
"지금 한 사람이 거리에 호랑이가 있다고 말한다면
믿으시겠습니까?"
왕이 대답했다.
"믿지 않겠다."
"두 사람이 거리에 호랑이가 있다고 말한다면 믿으시겠습니까?"
"믿지 않겠다."
"세 사람이 호랑이가 있다고 말한다면 믿으시겠습니까?"
"과인은 믿겠다."
그 사람이 말했다.
"거리에 호랑이가 없음이 분명한데도 세 사람이 그렇게 말하니
없는 호랑이가 있는 것으로 됩니다."

— 한비자韓非子

세상 사람 모두 지구는 평평하다고 했어도
지구는 둥글고,
세상 사람 모두 지구는 움직이지 않는다고 했어도
지구는 돈다.
한 사람이 옳다 하고 백 사람이 그르다 해도
옳은 일이 있고,
한 사람이 그르다 하고 백 사람이 옳다 해도
그른 일이 있다.
세 사람이 주장하면
없는 호랑이도 생긴다.
여러 사람의 말이 무서운 경우이다.
여러 사람의 말이 소문도 만든다.
소문을 믿지 말고 항상 실체를 살펴야 한다.
당신도 소문의 피해자가 될 수 있다.

믿을 것과 못 믿을 것

정鄭나라 사람 중에 신발을 사려는 사람이 있었다.
그는 신발을 사러 가기 전날 밤에
자기 발을 종이 위에 올려놓고 모양과 크기를 그려두었다.
다음날 그는 시장에서 신발장수를 만났지만
어젯밤에 그려둔 그림을 안 가지고 왔다는 것을 깨달았다.
그는 신발장수에게 말했다.
"내 발의 크기를 그린 그림을 두고 왔으니
돌아가서 가지고 와야겠소."
그가 그림을 가지고 다시 돌아왔을 때는 시장이 이미 파해
신발을 살 수 없었다. 사람들이 그에게 물었다.
"왜 당신 발로 직접 신어보지 않았소?"
그 사람은 대답했다.
"나는 그림은 믿을지언정 내 발을 믿지는 않소."

— 한비자韓非子

종교는 사람답게 사는 세상을 위해서 존재한다.
그러나 종교끼리 싸움도 한다.
원수도 사랑하자는 사람끼리
원수처럼 싸우는 것이다.
학문을 하는 것은
사람답게 사는 사회를 만들기 위해서이다.
그러나 경우에 따라서는
학문 때문에 서로 싸우기도 한다.
예술을 하는 것도
사람답게 사는 사회를 만들기 위해서이다.
그러나 그들도 싸움을 한다.
돈을 버는 것은
조금 더 행복하게 살기 위해서이다.
그러나 돈을 벌려다가
오히려 불행해지기도 한다.
모두가 본래의 목표를 잃은 것이다.
신발을 사려 하면서 발을 그려놓은 그림을 믿고
정작 자기의 발은 믿지 않는 것과 무엇이 다른가?

약속과 신의

진晉나라 문공文公이 열흘 정도의 군량을 가지고
원성原城을 공격했다.
그는 대부들에게 열흘간만 공격해보고 돌아올 것이라고
기한을 약속했다. 그러나 원성을 공격한 지
열흘이 지나도록 성을 함락시키지 못했다.
그는 병사를 거두어 퇴각하려고 했다.
그러자 원성 출신의 선비가 말했다.
"원성은 앞으로 삼일이면 함락시킬 수 있습니다."
문공의 측근도 말했다.
"원성은 이제 식량도 떨어지고 힘도 다했습니다.
군주께서 며칠만 더 공격하시면 성이 함락될 것입니다."
문공이 대답했다.
"내가 대부들에게 열흘만 공격하고 돌아온다고 약속했는데
이를 지키지 않으면 나는 믿음을 잃게 된다.

성을 하나 포기할지언정 믿음을 잃을 수는 없다."

문공은 마침내 군사를 철수시켰다.

원성 사람들이 이 소식을 듣고 말했다.

"그렇게 신의를 지키는 군주에게 어찌 귀의하지 않겠는가?"

그들은 모두 문공에게 항복했다.

그러자 또한 위魏나라 사람들도 이 소식을 듣고 말했다.

"그렇게 신의를 지키는 군주를 어찌 따르지 않겠는가?"

그들도 문공에게 투항했다.

공자가 이 소식을 듣고 다음과 같이 기록했다.

"원성을 공격해서 위나라까지 얻을 수 있었던 것은

오직 신의 때문이었다."

— 한비자韓非子

성 하나와 신의를 바꾸지 않으려는 문공은
오히려 위나라까지 얻었다.
손에 무엇인가를 잡고 있으면
더 이상 아무것도 잡을 수 없지만
손을 비우면 다른 더 큰 것을 잡을 수 있다.
신의를 얻으려면 무엇인가를 버릴 줄도 알아야 한다.
사소한 것이라도 나의 것을 버릴 수 있는 사람은
최소한의 신의는 얻을 수 있다.
버리고도 내가 버렸다는 사실을 잊을 수만 있다면
더욱 좋겠지만.

증자의 돼지

증자曾子의 아내가 시장에 가는데
아이가 울면서 따라오자 이렇게 말했다.
"돌아가 있어라. 내가 돌아와서 돼지를 잡아주마."
증자의 아내가 시장에서 돌아와보니
증자가 아이의 말을 듣고 돼지를 잡으려 하고 있었다.
아내가 깜짝 놀라 이를 말리면서 말했다.
"어린아이를 달래기 위해서 그런 말을 했을 뿐인데
정말 돼지를 잡으면 어떻게 해요?"
증자가 말했다.
"어린아이에게 거짓말을 해서는 안 되오.
어린아이는 아는 것이 없기 때문에
부모에게서 배우고
부모의 가르침을 따른다오.
지금 어린아이를 속이는 것은

어린아이에게 속임수를 가르치는 것이 아니겠소.
어머니가 자식을 속이면
자식이 어머니를 믿지 않게 될 것이니
이는 교육의 방법이 아니오."
말을 마치자 증자는 돼지를 잡아서 삶아먹었다.

— 한비자韓非子

자식의 행동을 살펴보면
그 아버지나 어머니의 어린 시절 모습이다.
이것이 아니면 틀림없이
할아버지나 할머니
혹은 외할아버지나 외할머니의
어린 시절 모습이다.
그 핏줄이 어디로 가랴!
그럼에도 불구하고
자식의 습성을 바꾸는
가장 좋은 방법은 부모의 습관을 바꾸는 것이다.
자식은 부모가 하라는 대로 하는 것이 아니라
부모가 하는 대로 한다.
부모가 항상 누워 있으면
자식도 누우려 하고,
부모가 항상 책을 가까이 하면
자식도 으레 책을 찾는다.

유능한 자여, 내 화살을 받아라

춘추 시대 진晉나라의 대부 가운데
해호解狐라는 사람이 있었다.
그는 자기가 원수처럼 미워하는 사람을
재상으로 추천했다.
재상으로 추천된 사람은
해호가 자신에 대한 원한을 이제는 풀었다고 여기고
감사를 표시하기 위하여 해호의 집을 찾았다.
그런데 해호는 자기를 찾아오는 그에게 활을 겨누며 말했다.
"너를 추천한 것은 공적인 행동일 뿐이다.
너라면 주어진 임무를 잘 수행해낼 수 있을 것으로
생각했기 때문이다.
나는 너를 원수처럼 생각하지만 이는 사적인 것이므로,
왕에게 너를 천거하지 않을 수 없었다.
개인의 원한이 공적인 일에 영향을 주어서는

안 되는 것 아니냐?
그러나 너에 대한 원한은 지금도 잊지 않고 있다는 것을 명심해두어라."

— 한비자韓非子

공과 사의 구분.

주장하기는 쉽지만 말만큼 쉬운 일은 아니다.

그렇게 보면 해호는 멋진 정치인이다.

조선 시대 이야기—

숙종 때의 명신 허미수와 송시열은
언제나 서로 대립하는 사이였다.
허미수는 송시열에 의하여 한때 좌천되기도 했으며,
입장이 바뀌자 허미수는
송시열을 사형에 처하자고 주장하기도 했다.
그러던 어느 날 송시열이 병이 들었다.
여러 가지 약을 써보았으나 효과가 없었다.
송시열은 이 병이야말로 허 씨 집안에 전해오는 비방이 아니면
고칠 수 없는 병이라는 것을 알았다.
송시열은 허미수에게 사람을 보내어 약처방을 얻고자 했다.
그러나 송시열의 집안에서는 모두 이를 반대했다.
이를 기회로 허미수는 송시열을 해칠 것이라고
생각했기 때문이었다.

송시열이 말했다.

"걱정하지 마라.

허미수는 우리의 정적이지만

병든 사람을 해칠 사람이 아니다."

송시열 집안 사람들이 마지못해 허미수의 집에 가서 사정을 말하자,

허미수는 병환의 내용을 상세히 묻고 처방을 지어주며 물었다.

"이 처방대로 약을 지어드릴 수 있겠는가?"

송 씨 집안 사람들이 대답을 하지 않고 돌아와 처방전을 펴보니

과연 그 처방에는 비상을 넣도록 되어 있었다.

그들은 모두 놀라 이 사실을 송시열에게 전했다.

송시열이 말했다.

"그대로 지어라. 허미수는 그럴 사람이 아니다."

집안 사람들은 하는 수 없이 그대로 약을 지었으나

비상만은 처방전보다 조금 적게 넣었다.

송시열은 이 약을 먹고 병이 나았다.

집안 사람들이 감사의 뜻을 전하기 위하여 허미수를 다시 찾았다.

허미수가 물었다.

"처방전대로 약을 지어드렸느냐?"

"비상만은 조금 적게 넣었습니다."

"허허 그래? 그러나 그 정도라도 넣었으면
앞으로 살아가시기에 큰 문제는 없을 것일세."

두 사람의 풍모가 돋보이는 일화이다.
우리에게도 이러한 정치인이 있었다.
다만 우리가 배우지 못하고 있을 뿐이다.

제3장
공자도 모르는 것

거미는 왜 그물을 좁게 치는가

탕湯임금이 어떤 사람을 만났는데,
그는 사방에 그물을 치면서 말했다.
"하늘에서 떨어지는 것과 땅에서 나오는 것
그리고 사방에서 오는 것이 모두 내 그물에 걸려들어라."
탕임금이 이 말을 듣고 말했다.
"아! 세상에 있는 것을 모두 잡으려 하는구나!
폭군이 아니고서야 누가 이런 생각을 하겠는가!"
탕임금은 세 방면의 그물을 걷어내고 한쪽에만 그물을 쳤다.
그리고는 그 사람에게 다음과 같이 말했다.
"거미가 그물을 나뭇가지 사이에 좁게 치고
가재가 함정을 조그맣게 파듯이
언제나 여유를 두는 방법을 나는 배우고자 합니다.
왼쪽으로 가려고 하는 것들은 왼쪽으로 가게 하고
오른쪽으로 가려고 하는 것들은 오른쪽으로 가게 하고

높은 곳으로 가고자 하는 것들은 높은 곳으로 가게 하고
아래로 가고자 하는 것들은 아래로 가게 하고자 합니다.
나는 그물을 건드리는 것만을 잡겠습니다."
남쪽 나라 사람들이 이 이야기를 듣고 말했다.
"탕임금의 덕은 동물에게도 미치는구나."
그리하여 마흔 나라가 그에게 귀순하였다.

— 여씨춘추呂氏春秋

쥐를 잡을 때도
도망갈 구멍은 남겨두듯이
무슨 일이든 여유를 두어야 한다.
여유를 두지 않으면
상대가 오히려 극한적인 방법을 동원하여
나를 해칠 수도 있다.
마음에 여유가 없고
행동에 여유가 없는데
일에 여유가 있겠는가?
마음과 행동에 여유를 갖는 훈련이 필요하다.
모든 것을 가질 생각을 하지 말고
버릴 것은 버리는 자세를 가져야 한다.
불교의 체념이 이것이다.
탕임금은 사냥을 할 때도 여유를 두어
마흔 나라를 얻었다.

선을 좋아하다가 망한 나라

제齊나라 환공桓公이 유람하는 도중에
곽郭나라의 옛 성터를 지났다.
곽나라는 이미 망하여 그 성터는 폐허로 변한 지 오래였다.
환공은 지나가는 촌부에게 물었다.
"곽나라 사람들은 어떠했는가?"
"곽나라 사람들은 선을 좋아하고 악을 미워했습니다."
환공이 깜짝 놀라 다시 물었다.
"선을 좋아하고 악을 미워한 것은 훌륭한 일인데
왜 망했단 말인가?"
촌부가 대답했다.
"그들은 선을 좋아했으나 선을 실천에 옮기지 못했고,
악을 싫어했으나 악을 제거하지 못했습니다.
그런 까닭에 폐허가 된 것입니다."

— 신서新序

"허망한 사색에 젖지 말고 생활과 실천으로 뛰어들라."
괴테가 한 말이다.
곽나라가 망한 것은 실천이 없었기 때문이었다.
실천은 이처럼 중요하다.
그러나 아무리 사소한 생각이나 계획이라도
실천에 옮기기가 어디 쉬운 일인가?
대개의 사람들은 뜻을 세우고도
실천을 두려워한다.
심지어는 실천이 두려워 뜻을 세우는 것조차도 겁낸다.
왜 실천은 어려운 것일까?
성질이 급하기 때문이다.
한 번이나 두세 번 해보고
나는 안 된다고 생각하거나 의지가 약하다고 단정한다.
그러나 누구도 한두 번의 시도만으로
자기의 뜻을 실천에 옮긴 사람은 없다.
역사상 의지가 강하기로 유명한 사람들도
모두가 수없는 실패 끝에 성공한 것이다.
다만 수많은 위인전에서

이러한 사실을 밝히지 않았을 뿐이다.

위인전은

유명한 사람들의 의지가

당신보다 훨씬 강하다고 주장하며

당신을 주눅들게 만든다.

그러나 이는 사실이 아니다.

이는 명백한 위인전의 해독이다.

그들의 의지가 당신보다 강하다고 생각하게 하는

위인전의 주장에 현혹되지 말라.

의지가 강하다는 것은

한없이 반복하여 시도한다는 것이지

한번에 이룬다는 뜻이 결코 아니다.

등겨와 곡식

추鄒나라의 목공穆公은 오리와 기러기를 좋아하여
왕궁에서도 이들을 길렀다.
목공이 명령을 내렸다.
"오리와 기러기에게는 곡식을 주지 말고 등겨를 먹여라."
시간이 흐르자 왕궁 창고에 등겨가 떨어졌다.
관리들이 등겨를 구하려 하니
곡식 두 섬에 등겨 한 섬을 받을 수 있었다.
관리들은 이를 손해라고 생각하여
오리와 기러기에게 차라리 곡식을 먹이자고 주장했다.
그러자 목공이 말했다.
"너희들은 내 뜻을 모른다.
곡식은 사람이 먹는 음식이다.
어찌 그것으로 새를 기른다는 말인가?"
목공이 이어서 말했다.

"그대들은 작은 계산은 할 줄 알지만
큰 계산은 할 줄 모르는구나.
임금은 백성의 부모와 같은 법이다.
창고의 곡식을 백성들에게 준다고 하여
그것이 어찌 내 곡식이 아니란 말인가?
오리나 기러기에게 등겨를 먹이기 위해
창고의 곡식을 등겨와 바꾸더라도
그 곡식은 결국 백성들에게 돌아갈 것이다.
사정이 이러하니 내가 어느 쪽을 택하겠는가?"

— 신서新序

작게 보면 손해처럼 보이는 것도
크게 보면 손해가 아닌 경우가 많다.
조선 시대의 명신 이원익 이야기—

이원익이 어느 연못을 지나는데
어린아이가 동전을 연못에 떨어뜨리고는 울고 있었다.
이원익은 사람들을 시켜 연못물을 퍼내고
그 동전 한 닢을 찾아 어린아이에게 주었다.
그리고 연못물을 퍼냈던 사람들에게 수고비로 열 닢을 주었다.
하인이 이원익에게 물었다.
"한 닢의 동전을 찾기 위해서 열 닢을 쓰셨으니 손해가 아닌가요?"
이원익이 대답했다.
"한 닢이 연못에 빠져 있으면 나라의 돈 가운데 한 닢이 줄어든다.
그러나 열 닢을 들여서라도 한 닢을 건져내면
나라 돈이 한 닢 느는 것이고, 열 닢이야 나에게서는 나가지만
누가 쓰든 우리나라 사람이 쓰는 것 아니냐?"
이와 같이 눈을 들어 크게 보면
설령 나에게는 손해지만 크게는 손해가 아닌 일이 있다.

새 옷을 입지 않으면 헌 옷이 생기지 않는다

옛날 중국의 옷은 거칠었다.
그래서 피부가 나쁜 사람은 새 옷을 입기 싫어했다.
동진東晉에 환충桓沖이라는 장군이 있었다.
그 사람도 새 옷 입기를 무척이나 싫어했다.
어느 날 그가 목욕을 마쳤을 때
그의 아내가 일부러 새 옷을 들여보내자
그는 화를 내며 새 옷을 돌려보냈다.
아내가 새 옷을 다시 가지고 와서 말했다.
"새 옷을 입지 않으면 어떻게 헌 옷이 생길 수 있습니까?"
환충은 크게 웃으며 마침내 새 옷을 입었다.

— 세설신어世說新語

세상 모든 것이 인연과 조화이다.
있는 것도 있어야 할 이유가 있고
없어지는 것도 없어져야 할 이유가 있다.
어느 것 한 가지만 좋아하고 고집하는 것은
인연과 조화를 거부하는 것이다.
숲이 좋다고 숲에서만 살 수 있는가?
들에서 나는 곡식을 먹어야 하고
들이 좋다고 들에서만 살 수 있는가?
강에서 나는 고기가 필요하고
강이 좋다고 강에서만 살 수 있는가?
숲에 가서 나무를 구해야 배를 만든다.
그러므로
어느 한 가지만 좋아하고
이를 고집하는 것은
인연과 조화를 거부하는 것이다.

흰밥과 붉은 밥

친구의 어머니가 돌아가시자 한 선비가 조문을 갔다.
마침 친구가 밥을 먹고 있었는데
그 밥이 팥밥이어서 빛깔이 몹시 붉었다.
고지식한 선비는 이래서는 안 된다고 생각하여 말했다.
"상중에는 붉은 팥밥을 먹어서는 안 되네."
친구가 물었다.
"왜 그런가?"
선비가 대답했다.
"붉은색은 기쁨을 의미하기 때문이라네."
그러자 친구가 물었다.
"그렇다면 흰밥을 먹는 사람은
모두 상중에 있다는 말인가?"

— 아학雅謔

형식주의에 빠지면
헤어나기 어렵다.
항상 내가 형식주의에 빠져 있지 않나
돌아보아야 한다.
그러나 이미 형식주의에 빠져 있는 사람은
자기가 거기에 빠져 있다는 사실을
알기 어렵다.

땔감 구하기

노魯나라 사람들이
땔감 구하는 법을 자식에게 가르치는 방법은 이렇다.
부모가 자식에게 묻는다.
"백 리 떨어진 남산에도 땔감이 있고
백 보 떨어진 수목원에도 땔감이 있다.
너는 땔감을 구하러 산으로 가겠느냐
수목원으로 가겠느냐?"
자식이 대답한다.
"수목원이 가까우니 그곳에서 땔감을 구할까 합니다."
부모가 말한다.
"거리가 가깝다고 하여 쉽게 구하지 말고
또한 거리가 멀다고 하여 쉽게 포기하지 마라.
가까운 곳의 땔감은 언제나 우리 집의 땔감이요
먼 곳의 땔감은 천하의 땔감이다.

우리 집의 땔감은 다른 사람이 감히 가져가지 못할 것이니
천하의 땔감이 다 없어져도 이 땔감은 남을 것이다.
너는 어찌해서 천하의 땔감부터 모으려 하지 않느냐?
우리 집의 땔감이 다 없어진다면
천하의 땔감이 어찌 남아 있겠느냐?"

— 속맹자續孟子

미래에 대비하자.

지금은 힘들지라도.

돌아가는 것이 좋으면 돌아가고

먼 데를 가는 것이 좋으면

먼 데로 가자.

눈을 크게 뜨고 앞날을 보자.

가까운 곳의 땔감을 다 없애버리면

그 다음에는 어찌할 것인가?

바둑을 두듯 살아보자.

고수의 바둑은

한 점을 두되 다음 수를 보고

항상 반상盤上 최대의 곳을 찾아 그곳에 둔다.

지금 이 시간에 무엇을 하는 것이

내 인생이라는 반상 최대의 점일까?

명궁과 기름 장수

강숙康肅이라는 사람은 활을 잘 쏘았다.
당대에 활쏘기로는 그를 당할 사람이 없었으며,
그 자신도 이를 몹시 자랑스럽게 여겼다.
하루는 그가 농장에서 활을 쏘고 있었다.
그때 마침 기름장수 노인이 짐을 놓고 비껴 서서
그 모습을 보고 있었다.
그는 강숙이 쏘는 화살이 하나하나 적중하는 것을 보고도
단지 가볍게 고개를 끄덕일 뿐이었다.
강숙이 물었다.
"그대도 활에 대해 아시오? 내 활솜씨가 어떻소?"
노인은 대답했다.
"별것 아니군요. 그저 활에 익숙한 정도일 뿐이오."
강숙이 화를 내며 말했다.
"그대는 어찌 내 활솜씨를 얕보시오?"

노인이 답했다.

"나의 기름 따르는 기술로 미루어 짐작할 수 있소."

그는 바로 호리병을 가져다 땅에 놓고

병의 입구를 엽전으로 막았다.

그리고는 반듯이 서서 국자로 기름을 부었다.

기름이 엽전 구멍을 통하여 호리병으로 들어가는데

엽전에는 한 방울도 묻지 않았다.

그는 말했다.

"이 기술도 별것 아닙니다.

한평생 기름장수를 하다 보니 손에 익숙한 것일 뿐이지요.

당신의 활솜씨도 이와 같습니다.

평생 활을 쏘니 그 정도는 될 것입니다."

강숙은 이 말을 듣고 크게 반성하였다.

— 귀전록歸田錄

무엇이든 한평생 열심히 하다보면
상당한 경지에 이르게 되는가보다.
농부는 하늘을 보고 내일 날씨를 알고
어부는 바다를 보고 그 밑에 고기떼가 있다는 것을 알고,
도자기를 연구하는 사람은
그 빛깔만 보고도 그것이 만들어진 시대를 알고,
고고학자는 돌덩이 하나로
몇 만년 전 사람의 생활을 알고,
목수는 썩은 기둥을 보고도
그것이 무슨 나무인지를 안다.
이렇듯 한평생을 한 가지 일에 열중하면
어떤 경지에 이른다.
그러므로 굳이 나의 기술을 자랑할 필요가 없다.

공자도 모르는 것

공자가 여행을 하는 도중에
두 아이가 말다툼하는 것을 보고 이유를 물었다.
한 아이가 말했다.
"저는, 아침에는 해가 우리에게 가까이 있고
낮에는 우리에게서 멀리 떨어져 있다고 말했습니다."
다른 아이가 말했다.
"저는, 아침에는 해가 우리에게서 멀리 떨어져 있고
낮에는 우리에게 가까이 있다고 말했습니다."
먼저 말한 아이가 그 이유를 설명하였다.
"아침에는 해가 대단히 커 보이지만
낮에는 아주 작아 보입니다.
이는 가까이 있는 것은 크게 보이고
멀리 있는 것은 작게 보이기 때문이 아니겠습니까?"
나중에 말한 아이도 이유를 설명했다.

"아침에는 날씨가 서늘하지만
낮에는 아주 덥습니다.
이는 가까이 있는 것은 뜨겁고
멀리 있는 것은 서늘하기 때문이지요."
공자는 결론을 내릴 수 없었다.
두 아이는 웃으며 말했다.
"하하하하!
세상 사람들이 선생님께서 아는 것이 많다고 말하는 까닭을
잘 모르겠네요."

— 열자列子

오늘날의 과학으로는 설명이 가능하지만

그 당시의 공자는 이 물음에 대답할 수 없었다.

아는 것이 많다는 공자도 이러하듯

모르는 것이 없는 사람은 없다.

살다보면

남들은 다 알고 나만 모르는 것 같은 때가 있다.

수업 중에 질문을 못 하는 것도 대개

남들은 다 아는 것처럼 보이기 때문이다.

그런 때는 곧잘 주눅이 든다.

그러나 걱정하지 말자.

내가 아는 것을 남들이 모르는 것이 또한 있으니까.

가장 좋은 것은

모르는 것을 물어보는 것이다.

선생님께

친구에게

길 가는 사람에게

아니면 누구에게라도 좋다.

물어서 알게 되는 그 순간부터

그 문제에 관한 한

나와 그는 평등해진다.

몰라서 불평등한 것에 비하면

물어서 평등해지는 것은 얼마나 행복한 일인가?

공자는 말했다.

“아는 것을 안다고 하고

모르는 것을 모른다고 하는 것

이것이 진정으로 아는 것이다.”

知之爲知之 不知爲不知 是知也

원숭이의 혁명

초楚 지방에 원숭이를 기르는 사람이 있었다.
그는 아침이면
늙은 원숭이에게 나머지 원숭이를 이끌고
산에 가서 과일을 따오도록 했다.
그리고는 그 십분의 일을 자기 몫으로 차지했다.
만일 이를 바치지 않거나 속이는 일이 있으면
회초리로 원숭이를 마구 때렸다.
모든 원숭이들은 그를 두려워하여 감히 거역하지 못했다.
어느 날이었다.
어린 원숭이가 다른 원숭이들에게 물었다.
"산의 과일 나무는 우리 주인이 심은 것인가요?"
늙은 원숭이가 말했다.
"아니야. 그냥 저절로 생긴 것이란다."
어린 원숭이가 다시 물었다.

"산의 과일은 우리 주인이 아니면 못 따는 것인가요?"
늙은 원숭이가 다시 대답했다.
"아니야. 누구라도 딸 수 있단다."
그러자 어린 원숭이가 말했다.
"그렇다면 우리는 무엇 때문에 주인에게 의지하고
그를 위해 일을 해야 하나요?"
어린 원숭이가 말을 마치기도 전에
모든 원숭이들은 깨달았다.
그날 밤
원숭이들은 주인이 잠들기를 기다렸다가
울타리를 부수고 숲 속으로 도망갔다.
그리고 다시 돌아오지 않았다.

— 욱리자郁離子

자기 것이 아니면서도

자기 것처럼 세상에 인식시키고

마치 자기 것처럼 행세한다는 이야기.

사물의 근본을 따져보자는 이야기.

근본은

이미 순치된 늙은 원숭이보다

아무것도 모르는 어린 원숭이에게서 찾아졌다는 이야기.

구두쇠 이야기

어떤 사람이 구두쇠가 되기 위하여
그 방도를 익혔으나 아직도 부족하다고 여겨져
구두쇠 선생님을 찾아가기로 했다.
그는 선생님을 찾아가서 고기 모양으로 자른 종이 한 장과
술처럼 보이는 물 한 병을 가지고 상견례를 치르고자 했다.
그러나 마침 선생님은 외출을 하고 부인만 집에 있었다.
그녀는 그가 온 목적을 알아차리고 예물을 보더니
얼른 빈 잔을 내놓고 말했다.
"차를 드시지요."
그러나 물론 차는 없었다.
그녀는 또한 두 손으로 원을 그리더니 말했다.
"빵을 좀 드시지요."
그뿐이었다.
그가 물러간 후에 구두쇠 선생이 돌아왔다.

부인이 그동안의 일을 이야기하자
구두쇠 선생은 화를 내며 말했다.
"쓸데없이 왜 그리 많이 대접했소?"
그리고는 손으로 반원을 그리며 말했다.
"이만한 반쪽이면 대접이 충분했을 텐데."

— 설도해사雪濤諧史

이 이야기의 구두쇠 선생은
있는 것은 말할 것도 없고
주어서 손해 보지 않을 것도 아끼고 있다.
누구의 이야기인가?
인사할 때 허리를 조금 더 숙이면 보다 정중해 보인다.
그러나 그걸 아낀다.
말 한 마디라도 조금 더 정중하게 하면
듣는 사람은 기분이 좋을 텐데 그걸 아낀다.
도움을 준 사람에게
"감사합니다" 하면 서로 좋을 텐데 그걸 아낀다.
실례를 했으면 "죄송합니다" 하면 참 좋을 텐데
그걸 아낀다.
아내에게 한 번 더 "사랑합니다" 하면 좋을 텐데
그것도 아낀다.
칭찬의 말도 아끼고 격려의 말은 더 아낀다.
주어서 손해 볼 것도 없는데 이 모든 것을 아주 아낀다.
누가 더 구두쇠인가?

아버지와 초상화

흡歙 지방에는 상인이 많았다.
한 선비가 그곳에 살았는데,
그의 부친은 진秦 지방과 농隴 지방 일대로
장사를 떠난 지 이미 삼십 년이 되었다.
그리하여 방 안에는 부친의 초상화 한 장만이
남아 있을 뿐이었다.
그러던 어느 날 아버지가 돌아왔으나
그 아들은 믿지 못하여 살그머니 그림과 비교해보니
서로 닮은 데가 조금도 없었다.
그는 말했다.
"제 아버지는 살결이 희고 살이 쪘는데
당신의 살결은 검고 몸은 말랐습니다.
그림에는 수염이 검고 적은데
지금 당신은 수염이 희고 많습니다.

모자나 의복과 신발까지 어찌 이리 다를 수가 있습니까?"
그 선비의 어머니도 초상화를 보며 말했다.
"아! 과연 차이가 매우 크구나!"
잠시 후 아버지는 어머니와 예전에 있었던 일들,
초상화를 그린 화가의 이름,
그리고 그림을 그리게 된 경위를 상세히 말해주었다.
그러자 어머니는 기뻐하며 부드럽게 말했다.
"과연 제 남편이시군요."
아들은 그제야 예를 갖추고 그를 아버지로 받들었다.
남편이나 아버지는 천하에 다시 없이 가까운 사람이다.
그러나 일단 그림에 구애되니
아내와 자식조차도 의심하게 되었다.
선비들이 이와 같아서
경서나 사서가 제왕과 성현의 그림인 것을 모르고
그것에 구애되어 정작 성현의 마음은 알지 못하니,
이는 그림에 구애되어
아버지를 못 알아보는 것과 같지 않은가!

— 경유록警喩錄

부자 간에 친하게 지내라고
예법을 만들었으나
예법을 너무 따지다보니
친함이 없어지고,
조상을 친하게 생각하라고
제사를 모시게 하였으나
제사의 예법이 너무나 엄중하여
제삿날이 싫고,
아버지를 알아보라고
초상화를 그려두었으나
오히려 그림 때문에 아버지를 못 알아보고,
달을 보라고 손을 들어 가리키니
달은 보지 않고 손끝만 바라본다.
이 모두가 내용을 버리고 형식을 취했기 때문이 아닌가.

글자가 커지다

아버지가 아들에게 '一' 자를 가르쳤다.
다음날 아버지가 책상을 닦다가
젖은 걸레로 '一' 자를 쓰고는
아들에게 그것이 무슨 글자인가를 물었다.
아들은 그 글자를 알아보지 못했다.
아버지가 말했다.
"내가 어제 가르쳐준 '一' 자 아니냐?"
그러자 아들은 눈을 크게 뜨고 말했다.
"하룻밤 사이에 어찌 그리 커졌습니까?"

— 소부笑府

아들이 '一'자를 몰라본 것은
전날 배웠던 것이 '一'자의 모양이 아니라
'一'자의 크기였기 때문이다.
이와 같이 어린아이에게 사과를 가르칠 때
크기만을 기준으로 가르친다면
어린아이는 사과와 배를 구별하지 못할 것이고,
어린아이에게 감을 가르칠 때
색깔만을 기준으로 가르친다면
어린아이는 감과 귤을 구별하지 못할 것이다.
그렇다면 용기를 가르칠 때는
무엇을 기준으로 가르쳐야 할 것인가?
용기를 잘못 가르치면
쓸데없이 힘자랑을 하고도 그것이 용기인 줄 안다.
예절을 가르칠 때는 무엇을 기준으로 가르쳐야 할 것인가?
예절을 잘못 가르치면
아첨을 하고도 그것이 예절인 줄 안다.
명예를 가르칠 때는 무엇을 기준으로 가르쳐야 할 것인가?
명예를 잘못 가르치면 악명이 높은 것도 명예로 안다.

제4장
목숨을 구해준 찬밥 한 덩이

겸손과 현명

관중管仲이 병에 걸렸다.

환공桓公이 문병을 가서 물었다.

"그대의 병이 심각하네.

만일 그대에게 불행한 일이 생기면

누구에게 정사를 맡기면 좋겠는가?"

관중이 반문했다.

"왕께서는 누구에게 맡기실 생각이십니까?"

"포숙아鮑叔牙를 생각하고 있네."

포숙아는 관중과 가장 가까운 친구였다.

그러나 관중의 대답은 달랐다.

"안 됩니다.

그는 사람됨이 청렴하고 착한 인물이기는 하지만

자기만 못한 사람과는 친하려 들지 않고

남의 과실을 들으면 잊지 않는 버릇이 있습니다.

이런 사람이 나라를 다스리면
위로는 자기를 고집하여 군주에게 대들고
아래로는 남을 탓하여 백성의 반감을 살 것입니다."
"그렇다면 누가 좋은가?"
"습붕隰朋이 좋을 것입니다.
그는 진리를 알려 하고
낮은 사람에게서도 겸허하게 배우려 합니다.
자기 덕이 성인만 못한 것을 부끄러워하고
자기만 못한 사람을 가엽게 여겨 인정을 베풉니다.
자고로 현명함을 자랑하여
백성의 신망을 얻은 예가 없습니다.
이와 반대로 자기의 현명을 감추고
백성에게 겸손한 태도를 취하면
백성의 신망을 얻지 못한 예가 또한 없습니다.
습붕은 이런 사람입니다."

— 장자莊子

자기만 못한 사람과 친할 수 있는 사람이
진정으로 사람을 좋아하는 사람이다.
왜냐하면
아무리 못난 사람도 그를 낳은 부모에게는
세상에서 가장 귀한 존재이기 때문이다.
자기의 현명을 감출 수 있는 사람이
진정으로 현명한 사람이다.
왜냐하면
현명할수록 오만도 생길 수 있기 때문이다.
남의 잘못을 듣고 잊을 수 있는 사람이
진정으로 겸허한 사람이다.
남이 잘못하면
나도 잘못할 수 있기 때문이다.
자기보다 낮은 사람에게서 배울 수 있는 사람이
진정으로 지혜를 좋아하는 사람이다.
내가 아는 것이 많다 한들
세상의 모든 것을 알 수는 없기 때문이다.

약 만드는 비법

송宋나라에 손이 안 트는 약을 만들 줄 아는 사람이 있었다.
그는 이 기술을 이용하여
다른 사람의 솜을 빨아주는 일로 생계를 삼았다.
마침 지나가던 나그네가 이 이야기를 듣고
그 약 만드는 비법을 백 냥에 사고자 하였다.
주인은 집안 사람을 모아놓고 상의했다.
"나는 대대로 빨래하는 일을 직업으로 삼아왔으나
기껏 벌어보았자 몇 푼에 지나지 않았다.
그런데 지금 한 번에 백 냥을 받고 이 기술을 팔게 되었으니
얼마나 다행인가."
이리하여 주인은 약 만드는 비법을 팔아버렸다.
나그네는 이 비법을 손에 넣자
오왕吳王을 찾아가 그 약이
수전水戰에 도움이 될 것이라고 설득했다.

오나라는 얼마 후에 월越나라와 싸울 계획이었으므로
오왕은 그를 장군으로 임명했으며
그는 한겨울에 월나라 군대와 수전을 하여 크게 이겼다.
이 공으로 그는 큰 토지를 분봉으로 받았다.
어느 쪽이나 손을 안 트게 하는 점에서는 마찬가지였지만
한 사람은 빨래질을 면치 못하였고
한 사람은 그것으로 뜻을 이루었으니
이는 기술을 쓰는 방법에 차이가 있었기 때문이었다.

— 장자莊子

모든 사물은 사용하기 나름이다.

통신에 관한 이야기 하나—

유선통신이 발명되자 이 기술은 즉시 전투에 이용되었다.

부대와 부대 사이를 달리는 전령 없이도

통신으로 연락이 가능해졌기 때문이다.

그러나 얼마 지나자 문제가 생겼다.

일단 전선이 끊어지면 통신이 불가능했던 것이다.

그래서 무선통신이 출현했다.

무선통신이 생기자 전선이 끊어질 걱정은 필요 없게 되었다.

그러나 이것도 바로 문제가 생겼다.

아군의 통신을 아무나 들을 수 있으므로

당연히 적군도 아군의 통신을 듣게 된 것이다.

그래서 무선통신도 쓸모없게 되었다.

이때 한 민간인이 무선통신의 사용권을 샀다.

아무나 들을 수 있는 통신기술이라면 그것을 이용하여

신문 대신 방송으로 뉴스를 전하자는 생각에서였다.

이것이 방송국이 생긴 시초이다.

그러나 그가 방송국을 세우려 했을 때
수많은 신문사가 연합하여 방송국의 설립을 격렬히 반대하였다.
뉴스를 들은 사람은
신문을 보려 하지 않을 것이라고 생각했던 것이다.
그러나 그들은, 사람은 귀로 들은 것을
눈으로 확인하려는 습성이 있다는 사실을 간과하였다.
방송으로 뉴스가 보도되면서 당연히 신문도 더욱 많이 팔렸다.

이와 같이 사물은 이용하기 나름이다.
사람을 쓰는 것도 이와 같지 않겠는가?

조정에서 끝난 전쟁

추기鄒忌라는 제齊나라의 재상이 있었다.
그 당시 제나라에는
서공徐公이라는 사람이 미남자로 소문나 있었다.
어느 날 아침 옷을 입던 추기가 아내에게 물었다.
"서공과 나를 비교하면 누가 더 미남이오?"
아내는 서공이 추기를 따를 수 없다고 대답했다.
이 말을 믿을 수 없던 추기는 다시 둘째부인에게 물었다.
그러나 그녀의 대답도 본부인과 같았다.
다음날 어떤 손님이 추기를 찾아왔다.
추기는 그와 대담을 나누다가
서공과 자기 중에 누가 더 미남인가를 물었다.
손님은 대답했다.
"서공은 당신만 못합니다."
그 후 서공이 추기를 찾아왔다.

추기는 그를 상세히 뜯어보았다.
그러나 자기는 역시 서공에 비할 바가 못 되었다.
그는 생각했다.
'아내가 나를 미남이라고 한 것은 나를 사랑하기 때문이다.
첩이 나를 미남이라고 한 것은 나를 두려워하기 때문이다.
손님이 나를 미남이라고 한 것은
나에게 바라는 바가 있기 때문이다.'
생각이 이에 미치자 그는 궁궐에 들어가
위왕威王을 만나 말했다.
"제가 진실로 서공만큼 미남이 아닌데도 저의 아내는
저를 사랑하기 때문에, 저의 첩은 저를 두려워하기 때문에,
그리고 손님은 제게 원하는 것이 있기 때문에
모두 저를 서공보다 미남이라고 말했습니다.
이제 제나라는 영토가 광대하고 위세는 당당합니다.
상황이 이러하니 궁중의 여인들과 좌우에 있는 사람들이
왕을 사랑하지 않는 자가 없고
조정의 신하들이 왕을 두려워하지 않는 자가 없고
백성들 중에 왕에게 바라는 것이 없는 자가 없습니다.

이렇게 보면 왕께서는 자신의 잘못을 지적해주는 사람을
하나도 못 가진 셈이 되지 않겠습니까?"
왕은 이 말을 듣고 크게 놀라
자신의 잘못을 직접 면전에서 말해주는 자에게 최고의 상을,
글로써 잘못을 알려주는 자에게는 중급의 상을,
그리고 자신의 잘못을 비방하고 소문을 내어
왕의 귀에 들리게 하는 자에게는
하급의 상을 주겠다는 영을 내렸다.
이 영이 떨어지자 처음에는
왕의 잘못을 말하려는 군신들이 줄을 이었다.
그러나 수개월이 지나자
간하는 자들의 수가 점점 줄어들게 되었고,
일 년 후에는 왕의 결점이 찾아지지 않았다.
위왕이 잘못을 지적받으면 바로 이를 고쳤기 때문이었다.
이 소식을 듣고 이웃 나라들이 모두 제나라에 조공을 바쳤다.
"전쟁의 승리는 조정에서 이미 이루어진다"는 말은
이런 것을 일컫는다.

— 전국책戰國策

자기의 잘못을 지적받는 것,
이것은 쉬운 일이 아니다.
그러나 이것 없이는
발전도 없다.
자기의 잘못을 지적받는 것도
연습이 필요하다.
한 번이라도
자기의 잘못을 지적하는 사람에게 화를 낸다면
다시는 당신의 잘못을 지적하지 않은 채
뒤에서 당신을 비웃을 것이다.
잘못을 지적해주면
그가 누구일지라도
정성스럽게 들어야 한다.
들을 때는 무안하지만
돌아서면 가슴이 풍성해진다.

목숨을 구해준 찬밥 한 덩이

중산군中山君이라는 사람이 사대부들을 불러 잔치를 벌였다.
이때 사마자기司馬子期라는 사람도 초청을 받았다.
여러 가지 음식이 오간 후에 양고기국을 먹을 차례가 되었다.
그러나 마침 국물이 부족하여
사마자기에게는 몫이 돌아가지 않았다.
사마자기는 이것을 자신에 대한 모독으로 여겼다.
그는 마침내 중산군을 버리고 이웃 초나라로 갔다.
그 후 그는 초왕으로 하여금 중산군을 공격하게 했다.
중산군은 피신할 수밖에 없었다.
그런데 이전에 한번도 만난 적이 없던 장정 두 사람이
창을 들고 뒤따르며 중산군을 지켜주었다.
중산군이 이상히 여겨 그들에게 물었다.
"그대들은 왜 나를 보호해주는가?"
그들은 이렇게 대답했다.

"저희 부친께서 살아 있을 때의 일입니다.
어느 날 부친이 배가 고파 쓰러져 있을 때
왕께서 친히 찬밥 한 덩이를 주셨습니다.
저희 부친은 그 찬밥 한 덩이를 들고
목숨을 건졌습니다.
부친이 돌아가실 때 저희들에게
만약 왕께 무슨 일이 생기면
죽음으로 보답하라고 유언을 했습니다."
중산군은 하늘을 쳐다보며 탄식하였다.
"타인에게 베푼다는 것은 많고 적음이 문제가 아니라
상대방이 어려울 때 돕는 것이 중요하며,
타인에게 원한을 사는 이유는
크고 작은 것이 문제가 아니라
상대방의 마음을 상하게 하는 데에 있구나!
내가 한 그릇의 양고기 국물로 나라를 잃었고
한 덩이의 찬밥으로 목숨을 구했구나!"

— 전국책戰國策

아무리 가진 것이 없을지라도
남에게 베풀 것은 있다.
따스한 손으로 상대방의 손을 잡고
애정 어린 눈길로 그를 쳐다볼 수는 있지 않은가.
이것이 그의 생애를 바꾸어놓을지
누가 아는가.
이와 반대로
사소한 말 한 마디가
무심코 던진 차가운 눈빛이
상대를 평생 서운하게 할 수도 있다.
그러므로
남에게 주는 것은
많고 적음이 문제가 아니다.

술이 안 팔리는 이유

송宋나라에 술을 파는 사람이 있었다.

그 집은 손님 접대도 잘했으며,

술맛도 아주 좋았고,

간판도 크게 달았다.

그러나 술은 팔리지 않았다.

주인이 이를 이상하게 여겨 이웃 노인에게 상의했다.

노인이 물었다.

"혹시 당신네 개가 무서운 게 아니오?"

주인이 대답했다.

"개가 무서운 것은 사실입니다만,

개가 무서운 것이 술이 안 팔리는 것과

무슨 상관이 있습니까?"

노인이 말했다.

"사람들은 개를 무서워하지요.

만약 아이에게 돈을 주고 술을 사 오라고 했을 때
당신네 집 앞에 무서운 개가 있다면
누가 당신네 집으로 들어가 술을 사겠소?
이것이 당신네 술이 안 팔리는 이유입니다."

— 한비자韓非子

한비자는 이 이야기의 끝에
다음과 같이 말하고 있다.
"나라에도 무서운 개가 있다.
훌륭하고 재능 있는 선비가
임금을 도와 좋은 정치를 하고자 할지라도
이를 싫어하는 신하들이 무서운 개가 되어 그를 막으면
그는 끝내 좋은 정치를 할 수 있는 높은 자리에
오르지 못할 것이다."

간교한 지식

강물이 불었다.

정鄭나라의 부자 한 사람이 강물에 빠져 죽었다.

어떤 사람이 그 시체를 건졌다.

그 부자의 가족들이 그에게 돈을 주겠으니

시체를 넘겨달라고 했다.

그러나 시체를 건진 사람은 큰돈을 요구하며

시체를 넘겨주지 않았다.

가족들은 총명하기로 이름난 등석鄧析이란 사람을 찾아가서

사정을 이야기했다.

등석이 말했다.

"안심하시오.

그는 결국 당신네 말을 들을 수밖에 없을 것이오.

그 시체는 당신들밖에는 가지려는 사람이 없으니까요."

이 말을 들은 가족들은 안심하고 며칠을 버티며

돈을 더 줄 수 없다고 말했다.

그러자 이번에는 시체를 건진 사람이 안달이 났다.

그 사람도 등석을 찾아와 의견을 구했다.

등석이 말했다.

"안심하시오.

당신은 많은 돈을 받을 수 있을 것이오.

그 가족들은 시체를 다른 곳에서는 살 수 없으니까요."

— 여씨춘추呂氏春秋

등석이라는 사람은 각각의 약점을 간파하여
교묘한 화술을 펴고 있다.
이러한 화술은 각각의 입장을 살려주므로
쌍방에 도움을 주는 것 같지만
사실은 쌍방 모두에게
근거 없는 자신을 심어주어
자기 주장만을 하게 만든다.
쌍방에 대한 등석의 말은 옳다.
그의 말에는 모순이 없다.
그러나 그의 이러한 자세는 옳은 것인가?
문제는 그의 관점에 있다.
그의 견해에는
시체를 건지면 어떻게 해야 하는가에 대한
도덕적 판단이 없다.
머리가 좋으면 이렇듯
엉뚱한 논리로 세상을 혼란시키는 경우가 있다.
이런 것을 간지奸智라고 한다.
머리 좋다는 사람들이 흔히 저지르는 죄악이다.

불을 비춰 주면 불을 켜지요

공문거孔文擧라는 사람이 밤중에 급병이 났다.
그는 잠자는 제자를 깨워 급히 불을 켜라고 했다.
그러나 밤이 칠흑같이 어두워서
불 켜는 도구를 하나도 찾을 수가 없었다.
스승의 독촉이 심하자 제자가 말했다.
"이렇게 어두운데 급히 불을 밝히라니
선생님의 요구가 지나치십니다.
제게 불을 좀 비춰주십시오.
그러면 부싯돌을 찾아 촛대에 불을 켜지요."
공문거가 제자의 뜻을 알아듣고 말했다.
"옳도다.
다른 사람에게 일을 시킬 때는 도리에 맞아야 하는구나."

— 은운소설殷芸小說

아랫사람에게 일을 시킬 때도
사리에 맞는 일을 시켜야 한다.
남에게 무엇을 요구할 때도
무리한 요구를 해서는 안 된다.
무리한 일을 시키거나 요구를 하면
얻은 것 없이 원망만 듣는다.

시 씨 집안 이야기

노魯나라에 시 씨施氏가 살았다.

그에게는 두 아들이 있었다.

한 아들은 학문을 좋아했고 다른 아들은 병법을 좋아했다.

학문을 좋아하는 아들은 제齊나라 공자公子의 스승이 되었다.

병법을 좋아하는 아들은 초楚나라의 군정軍正이 되었다.

그들의 봉록은 집안을 부유하게 했고

그들의 벼슬은 부모를 영화롭게 했다.

시 씨네 이웃에 맹 씨孟氏가 살았는데 역시 두 아들이 있었다.

그들 두 아들이 종사하던 일도 시 씨네와 같았으나

항상 가난하게 지내면서 시 씨네를 부러워했다.

그래서 하루는 시 씨를 찾아가 벼슬하는 방법을 배우고자 했다.

시 씨네 두 아들은 자기들이 했던 대로 맹 씨에게 말해주었다.

그 말을 듣고 맹 씨네 아들 중에 학문을 닦은 아들이

진秦나라로 가서 학술로서 진나라 왕을 설득하려 했다.

진나라 왕이 말했다.

"지금 천하는 제후들이 힘으로 다투고 있는 형국이니

힘써야 할 일은 군대와 식량뿐이다.

만약 어짊과 의로움으로 나의 나라를 다스린다면

그것은 멸망의 길이 될 것이다."

진나라의 왕은 그에게 벌을 주고 추방하였다.

병법에 밝은 다른 아들은 위衛나라로 가서

병법으로 위나라 왕을 설득하려 했다.

위나라 왕이 말했다.

"우리는 약한 나라로서 큰 나라 사이에 끼여 있다.

우리는 큰 나라를 섬기며 작은 나라를 달래고 있으니

이것이 나라의 안녕을 추구하는 길이다.

만약 군사력에 의지한다면 멸망하게 될 것은 말할 것도 없다.

만약 온전하게 그대를 돌려보내면

그대는 다른 나라로 가서 그들을 도울 것이니

이는 곧 나의 환난이 될 것이다."

위나라 왕은 마침내 그의 다리를 자르고 노나라로 돌려보냈다.

그들 형제가 돌아온 뒤에

맹 씨네 부자는 가슴을 두드리며 시 씨를 원망했다.
시 씨가 말했다.
"무릇 때를 얻은 사람은 창성하고
때를 잃은 사람은 망하는 법입니다.
당신들의 도는 우리와 같은데도 결과가 우리와 다른 것은
때를 잃었기 때문이지 행동이 잘못된 것은 아닙니다.
또한 천하의 이치 가운데 영원히 옳은 것은 없으며
천하의 행함 가운데 영원히 그른 일은 없습니다.
예전에 썼다가도 지금은 버리는 일이 있으며
지금은 버렸다가도 후일에 쓰는 일이 있습니다.
그러므로 쓰이고 쓰이지 않고는
일정한 법칙이 있는 것이 아닙니다.
때를 보고 때를 만나서
일에 원만히 대응하는 것은 지혜에 속하는 일입니다.
지혜가 진실로 부족하다면 당신이 공자처럼 박학할지라도
어느 곳에 간들 궁하지 않을 수 있겠습니까?"

— 열자列子

아는 것이 많을지라도
그것이 항상 쓰이는 것은 아니다.
능력이 있을지라도
그것이 항상 쓰이는 것도 아니다.
이것이 세상의 이치인지도 모른다.
이것이 세상의 이치라면
크게 불만스러워 할 것도 없다.
불만은 대개 허영에 차 있거나
권세와 부를 가치의 기준으로 삼을 때 나온다.
아는 것이 많고 능력이 있다는 것
그 자체가 또한 복된 일이 아닌가.
그리고
세상의 이치가 설령 이렇다 하더라도
항상 준비하는 마음을 잊어서는 안 된다.
준비가 없으면
때가 와도 일을 할 수 없기 때문이다.

우직한 성실

노魯나라의 맹손孟孫이라는 사람이
하루는 사냥 중에 사슴 한 마리를 사로잡았다.
그는 진서파秦西巴라는 사람으로 하여금
사슴을 가지고 먼저 집으로 돌아가게 했다.
그런데 잡힌 사슴의 어미가 뒤따라오며 계속 울부짖었다.
진서파는 이를 차마 볼 수 없어서
잡은 사슴을 풀어주고 말았다.
맹손이 돌아와서 사슴을 찾자,
진서파가 대답했다.
"어미 사슴이 뒤따라오며 슬피 울기에 차마 볼 수가 없어서
잡은 사슴을 어미에게 돌려보냈습니다."
이 말을 들은 맹손은 몹시 화를 내며 진서파를 쫓아냈다.
이로부터 석 달이 지났다.
맹손은 진서파를 다시 불러 자식의 스승으로 삼았다.

맹손의 신하가 물었다.

"지난번엔 그를 내쫓으시더니

이제는 불러들여 아드님의 스승을 삼으셨습니다.

이는 어찌된 일입니까?"

맹손이 대답했다.

"사슴의 괴로움을 차마 보지 못하고 놓아주었으니,

내 아들이 혹시 괴로움을 겪을 때

이를 그냥 지켜볼 사람이 아니지 않은가?"

그래서 말하기를

교묘한 술책이 우직한 성실함만 못하다고 한다.

— 한비자韓非子

우직한 성실에는 기교가 없어도 된다.

우직한 성실에는 총명이 없어도 된다.

우직한 성실에는 변명도 오해도 필요 없다.

우직한 성실은 때로 목표도 없는 듯이 보인다.

우직한 성실은 다만 인내를 필요로 한다.

그러므로 인내심이 있는 사람에게는

우직한 성실이 가장

쉽고, 편하고, 빠르고 또한 확실한 길이다.

의사와 신하

진秦나라의 무왕武王이 병이 났다.
그는 천하의 명의인 편작扁鵲을 불러 병을 보도록 했다.
무왕이 편작에게 자기의 병을 설명하자
편작은 완치가 가능하니 치료를 시작하자고 했다.
그러자 무왕의 신하들이 이를 말렸다.
무왕이 신하들에게 말리는 이유를 물었다.
"대왕의 병은 귀의 앞, 눈의 아래쪽에 있습니다.
치료를 잘못 하다가는
오히려 귀가 멀거나 눈이 멀지도 모릅니다."
무왕이 걱정되어 이를 편작에게 말했다.
편작은 이 말을 듣고 격노하여 침을 내던지며 말했다.
"대왕께서는 지혜로운 자와 먼저 의논을 해놓고도
나중에는 지혜롭지 못한 자의 말을 듣고
일을 그르치려 합니다.

치료를 하는 것이 이러하다면

이 나라의 정치도 그럴 것입니다.

그러다가는 하루아침에 이 나라가 망하고 말 것입니다."

— 전국책戰國策

'귀가 얇은 사람'

누구의 말이든 잘 듣는 사람을 일컫는다.

이런 사람과는 큰일을 도모하면 안 된다.

이런 사람은 곧잘

중요한 말은 흘리고

허황된 말에 귀를 기울인다.

물론 여러 사람의 의견을 들어야 한다.

그러나 어떤 일을 결정할 때는

그 방면에 현명한 사람의 말을 들을 수 있어야 한다.

병을 치료하는데

의사의 말을 듣지 않고

신하의 말을 들을 수야 없지 않은가?

두 스님 이야기

사천四川의 변방에 두 스님이 살았다.
한 스님은 가난했고 한 스님은 부유했다.
어느 날 가난한 스님이 부유한 스님에게 말했다.
"내가 남해를 여행하려고 하는데 어떻게 생각하는가?"
그러자 부유한 스님이 말했다.
"나도 배를 한 척 사서 남해를 여행하려고
수년 동안이나 계획을 했는데
아직도 실행에 옮기지 못하고 있다네.
그대는 무얼 믿고 가려는가?"
가난한 스님이 대답했다.
"나는 물병 하나와 밥그릇 하나만 있으면 된다네."
이듬해가 되어 가난한 스님이 남해 여행에서 돌아오니
이를 본 부유한 스님은 크게 부끄러워했다.

— 백학당시문집白鶴堂詩文集

모든 조건이 갖추어진 후에야
일을 할 수 있는 것은 아니다.
어떤 일은
그냥 시작하면 된다.

죽은 아내 옆에서 부르는 노래

장자의 아내가 세상을 뜨자 혜자惠子가 조문을 갔다.
혜자가 장자의 집에 도착했을 때 장자는 두 다리를 뻗고
앉아 장구를 두드리면서 노래를 부르고 있었다.
혜자는 어리둥절하여 물었다.
"당신의 아내는 평생을 같이 살았고 함께 자식을 길렀으며
당신을 위해 살다가 늙지 않았는가.
그런 부인이 세상을 떠났는데 곡을 하지도 않으면서
장구를 치며 노래까지 한다는 것은 심한 일이 아닌가?"
장자가 대답했다.
"그렇지 않네. 아내가 죽었는데 어찌 슬프지 않겠는가.
그러나 지금 내 아내는 천지라는 거대한 방 안에서
편안히 잠자려는 것이니 내가 시끄럽게 곡을 하기보다는
즐겁게 축원해주어야 하지 않겠나?"

— 장자莊子

죽음이란 무엇인가?

살아 있을 때는 이 세상에 있는 사람을 만나는 즐거움이 있고

죽으면 먼저 간 사람을 만나는 즐거움이 있다.

죽음이 본래 있던 곳으로

되돌아가는 것이라면

울음은 과연 누구를 위한 것인가?

제5장
주인을 보고도 짖어대는 개

도적과 선비

한 선비가 있었다.
그가 호보狐父라는 곳을 여행하다가
굶주림에 지쳐서 길에 쓰러져 있었다.
그때 구丘라는 그 지방의 유명한 도적이
호리병에 죽을 담아와 먹여주었다.
선비는 세 모금을 삼킨 뒤에야 눈을 뜨고 그에게 물었다.
"선생은 누구십니까?"
"나는 구라는 사람입니다."
선비가 말했다.
"어허! 당신은 도적이 아니오?
어째서 나에게 음식을 먹여주는 거요?
나는 정의를 중시하는 사람이니
당신의 음식은 먹지 않겠소."
그리고는 손을 땅에 짚고서 먹은 것을 토해내고

마침내 엎어져 죽어버렸다.

구라는 사람은 도적이지만 그의 음식은 도적이 아니다.

사람이 도적이라 하여 그의 음식도 도적이라 생각하고

먹지 않는 것은

이름과 사실이 무엇인지를 올바로 이해하지 못한 것이다.

— 열자列子

내가 산을 좋아한다고 할 때
'산'은 사실이고
'좋아한다는 것'은 이름이다.
산이 좋아서 산에 가는 사람이
산을 더럽히고 돌아오면
그는 산에서 노는 자기의 기분을 좋아하는 것이지
산을 좋아하는 것이 아니다.
그러므로 그는 이름을 좋아하는 것이지
사실을 좋아하는 것이 아니다.
내가 자식을 사랑한다고 할 때
'자식'은 사실이고 '사랑'은 이름이다.
내가 자식을 너무 사랑하여 자식에게 매를 들지 못한다면
이는 자식을 사랑하는 것이 아니라
자식에게 차마 매를 들지 못하는 자기의 감정을 사랑하는 것이다.
그러므로 이는 이름을 사랑하는 것이지
사실을 사랑하는 것이 아니다.
나라와 사회를 위하여 필요하다고 제시된 주장이 있을 때
나라와 사회는 사실이고 주장은 이름이다.

나라와 사회를 위한다는
다수의 주장이 나와서 서로 다투다가
마침내 나라와 사회가 혼란스러워질 때
그들은 이름을 사랑하는 것이지
사실을 사랑하는 것이 아니다.

성실했으나 불행하게 산 사나이

손휴孫休라는 사람이 있었다.
하루는 그가 스승을 찾아와 호소했다.
"저는 향리에 있을 때도 행실이 좋지 않다는 말을
들은 일이 없었고,
어려운 일을 당해서도
용기가 없다는 말은 들어보지 않았습니다.
그러나 농사를 지어도 풍년을 만난 적이 없고
임금을 섬겨도 좋은 세상을 만나지 못했습니다.
그뿐이 아닙니다.
향리에는 저를 친하게 여기는 사람이 없으며
나라에서는 추방되는 지경에 이르렀습니다.
하늘은 왜 저에게 이런 벌을 내리는 것일까요?
이것도 운명이라고 해야 할까요?
그렇다면 어찌하여 나만이

이런 운명을 만나야 하는 것입니까?"

스승이 말했다.

"지금 너는 지식을 자랑하여 어리석은 사람들을 놀라게 하고

자기 몸을 닦아 다른 사람의 더러움을 드러내고 있다.

마치 밝고 밝은 일월을 들고 걸어가는 것처럼

자기를 과시하고 있는 것이다.

너는 타고난 몸을 완전히 보존해서

지금까지 살아오는 동안

귀머거리, 소경, 절름발이가 되는 일이 없었으니

이것만 해도 행복한 일이 아닌가?

어찌 운명을 탓할 여가가 있다는 말이냐.

어서 돌아가거라."

— 장자莊子

우리가 가만히 있다고 하여

죄를 짓는 일이 없는가?

총명한 사람은 우둔한 사람을 주눅들게 하고

우둔한 사람은 총명한 사람을 게으르게 하고

유능한 사람은 무능한 사람의 자리를 차지하고

무능한 사람은 유능한 사람을 오만하게 하고

부자는 가난한 사람을 슬프게 하고

가난한 사람은 부자에게 허영을 가르치고

목발 짚은 사람 앞에서 당당하게 걸어가는 건강한 사람은

목발 짚은 사람의 마음을 아프게 한다.

존재 자체가 죄일지도 모른다.

싸움닭

기성자紀渻子라는 사람이
주周나라 선왕宣王을 위하여 싸움닭을 길렀다.
열흘이 지나자 선왕은 닭이 싸움을 할 만한가를 물었다.
그가 대답했다.
"아직 안 됩니다.
지금은 교만하기만 하여 자기의 힘만 믿고 있습니다."
다시 열흘이 지나서 선왕이 또 묻자 그가 말했다.
"아직 안 됩니다.
다른 닭을 보면 싸움만 하려 합니다."
또다시 열흘이 지나 선왕이 묻자 그가 말했다.
"아직도 안 됩니다.
지금도 상대방을 노려 보며
자기의 힘찬 기운을 내보입니다."
열흘이 다시 지나 선왕이 묻자 그는 대답하였다.

"거의 됐습니다.
이제는 교만하지도 않고
힘자랑을 하지도 않고
함부로 싸우려 하지도 않아서
마치 나무로 깎아놓은 듯합니다."
이 닭이 싸움판에 나서서 꼿꼿이 서 있자
다른 닭들은 감히 덤비지도 못하고 도망쳐버렸다.

— 열자列子

진정한 힘은 무엇인가.

힘을 쓰지 않고도 이기는 것.

싸움을 하지 않고도 이기는 것.

힘이 골수에 들어차면

그 힘은 밖으로 보이지 않는다.

기술도 그렇고

용기도 그렇고

지혜도 그렇다.

남에게 보이지 않을 때까지

기술과 용기와 지혜를 연마하라는 열자의 충고이다.

붕새와 참새

궁발窮髮의 북쪽에 명해冥海라는 바다가 있었다.
이 바다가 바로 천지天池이다.
거기에 고기가 한 마리 사는데 그 고기는 엄청나게 커서
길이가 몇 천리나 되었다. 그 고기의 이름이 곤鯤이다.
또한 이곳에 새가 있는데 그 이름을 붕鵬이라고 한다.
크기가 엄청나서 등은 태산 같고 날개는 구름처럼 보인다.
한 번 날기 시작하면 구름도 이르지 못하는
높은 하늘을 날아 남극의 바다로 향한다.
이것을 본 참새가 비웃었다.
"저 녀석은 도대체 어디로 가려는 것일까?
나는 몇 길 날아오르다가 땅으로 내려와서
쑥대밭 사이로 돌아다녀도 잘만 사는데
저 녀석은 도대체 어디로 가려는 것일까?"

— 장자莊子

작은 것은 큰 것을 이해하지 못하고
낮은 것은 높은 것을 이해하지 못하고
얕은 것은 깊은 것을 이해하지 못한다.
사람의 경우도 그렇다
뜻이 작은 사람은 큰 뜻을 가진 사람을 이해하지 못한다.
항상 자기를 기준으로 사고하기 때문이다.
여기에서 수많은 오해와 혼란이 생긴다.
내가 이해할 수 없는 세계를 이해하기 위하여
보다 높은 차원으로의 비상이 필요하다.
현실을 떠나 비상하려는 노력은
그 노력 자체만으로도 이미 멋지다.
노력 자체가 이미 그 사람의 생활을 바꾸어버릴 것이므로.

공자의 선생

공자가 숲을 지나다가 매미 잡는 사람을 보게 되었다.
그는 꼽추였는데, 남들은 잡기 어려워하는 매미를
마치 개미를 줍듯이 쉽게 잡고 있었다.
공자가 물었다.
"그대의 매미 잡는 솜씨는 정말 교묘하오.
이에도 도道가 있습니까?"
꼽추가 대답했다.
"저는 도를 터득하고 있습니다.
처음에는 막대기 끝에 공을 두 개 쌓아놓고
그것을 떨어뜨리지 않는 연습을 합니다.
이것이 성공하면 매미를 잡을 때
실수하는 경우가 아주 적습니다.
그 다음에는 막대기 끝에 공을 세 개 쌓지요.
이것이 성공하면 매미를 잡을 때

실수하는 경우가 열 번에 한 번 정도가 됩니다.
그 다음에는 막대기 끝에 공을 다섯 개 쌓지요.
이것이 성공하면 매미를 줍듯이 잡을 수 있습니다.
이런 상태로 매미를 잡을 때면
저의 몸은 나무기둥을 세워놓은 것 같이 미동도 하지 않으며
저의 팔은 마른 나뭇가지와 같이 단단하고
마음은 오직 매미만을 생각합니다.
몸을 젖히지도 않고 기울이지도 않으며
세상 만물을 잊고 매미만을 생각하는데
어찌 매미를 쉽게 잡지 못하겠습니까?"
공자가 제자들을 돌아보며 말했다.
"뜻을 한 곳에 집중하면 귀신의 경지에 도달한다더니
바로 이분을 두고 하는 말이로구나!"

— 열자列子

가끔 우리는
보통 사람으로서는 상상도 할 수 없는 일을 해내는 사람을 본다.
우리는 그들을 부러워하며 그러한 능력을 갖기를 희망하기도 한다.
그러한 능력은 어디에서 나오는 것일까?
집중의 결과는 무섭다.
집중은 심지어 시간의 흐름조차도 변화시킨다.
집중은 시간을 늘리기도 하며 시간의 흐름을 빠르게 하기도 한다.
이러한 집중을 통하여 우리는
도저히 할 수 없으리라고 생각하던 일을 해낼 수 있다.
그러나 대개의 사람들은 집중의 효과를 부정한다.
이는 짧은 시간의 집중만을 경험했기 때문이다.
인생을 계획하고 자신의 할 일을 계획하는 사람이라면
오 년이나 십 년 단위의 집중적인 노력이 필요하다.
이는 대단히 먼 일처럼 생각되지만
이십 대의 청년이 십 년 동안 집중해온 일은 삼십 대에는 이루어지며
삼십 대에 집중해온 일은 사십 대가 되면 이루어진다.
지나간 세월을 생각해보자.
십 년은 그리 긴 세월이 아니다.

주인을 보고도 짖어대는 개

양자楊子의 아우 중에 포布라는 사람이 있었다.
하루는 그가 흰옷을 입고 외출을 했다.
그런데 도중에 큰비를 만났다.
그는 흰옷을 벗고 검은 옷으로 갈아입은 채 집으로 돌아왔다.
그러자 그 집 개가 그를 알아보지 못하고 맹렬히 짖어댔다.
그는 성이 나서 개를 때려주려 했다.
이를 보고 있던 양자가 말했다.
"때리지 마라.
너도 역시 그와 같을 것이다.
우리 개는 흰색이 아니냐.
그런데 이 개가 조금 전에 어디를 나갔다가
검은 개가 되어 돌아왔다면
네가 어찌 괴이하게 여기지 않겠느냐?"

— 열자列子

개가 주인을 보고 짖은 것은
주인의 겉모습이 변했기 때문이다.
사람도 변화에 민감하다.
멋을 부리고 나타난 사나이 앞에서
어느 날 갑자기 유명인사가 되어 나타난 친구 앞에서
화장을 바꾸고 나타난 여인 앞에서
우리는 그들의 변화를 본다.
본질과는 아무런 상관없는 변화를 보고
우리는 곧잘 놀란다.
그러나 겉모습의 변화에 민감하지 말자.
본질을 잊는 수가 있다.

선비와 어린아이의 죽음

부현傅顯이라는 사람이 있었다.
그는 독서를 좋아하고 의학 지식도 상당했다.
그러나 행동이 느리고 생각이 다소 우둔한 데가 있어서
다른 사람에게 답답한 선비라는 인상을 주었다.
그가 하루는 점잖은 걸음으로 시장으로 와서
사람들에게 물었다.
"위 씨魏氏가 어디 있소?"
그는 위 씨를 만나서 몇 번이나 헛기침을 했다.
그러자 위 씨가 그에게 자기를 찾는 까닭을 물었다.
그제야 부현은 말했다.
"내가 마침 어느 우물 옆을 지나고 있었다오.
그 우물물에는 독이 있어서 사람이 먹으면 죽게 되오.
그런데 그대의 부인이 우물 옆의 나무 아래서
바느질을 하다가 피곤해서 그런지 졸고 있었고

그대의 어린아이가 우물 옆 서너 자밖에 안 되는 곳에서
놀고 있었소.
혹여 어린아이가 우물물을 먹지 않을까 걱정이 되었소만
남녀가 유별한지라 부인을 깨울 수 없어
이렇게 그대를 찾아온 것이라오."
위씨가 깜짝 놀라 뛰어가보니
부인은 이미 우물가에 엎드려 울고 있었다.

— 열미초당필기閱微草堂筆紀

예의를 지키다가 사람을 죽게 해도 되는 것인가?

이 선비는 당시의 예의를 알았으나

예의가 무엇을 위해 있는지는 몰랐던 것이 아닌가?

금을 훔친 사나이

옛날 제齊나라 사람 가운데
금을 갖고자 하는 사람이 있었다.
그가 하루는 이른 아침에 의관을 걸치고 시장에 가서
금을 파는 상점을 찾았다.
그는 무심히 그곳의 금덩이를 들고 나갔다.
관리가 그를 붙잡고 물었다.
"사람들이 모두 쳐다보고 있는데도
그대가 남의 금덩이를 훔친 것은 웬일인가?"
그가 대답했다.
"금을 가지고 갈 때는
사람은 보이지 않고 금만 보였습니다."

— 열자列子

앞만 보면
뒤는 보이지 않고
땅만 보면
하늘은 보이지 않듯이,
금만 보면 금만 보이고
잠시 후에 당할 수모는 보이지 않고,
권세만 보면 권세만 보이고
세상의 질타는 보이지 않는다.
욕망에 눈이 어두운 자.
잠시 후의 패망을 모르는 자.
이들은 모두
인간과 역사를 어리석게 여기며
하늘도 없다고 생각하는 사람들이다.

아침 시장과 저녁 시장

맹상군孟嘗君이 제齊나라에서 파직되었다가
다시 재상으로 임명되어 돌아오는 길이었다.
제나라의 신하인 담습자譚拾子가
국경까지 마중 나가서 그에게 말했다.
"예전에 그대를 쫓아낸 사대부들에게
지금도 원한을 가지고 있습니까?"
"있지."
"그렇다면 그들을 처단하실 작정입니까?"
"그렇다."
담습자가 말했다.
"모든 일에는 결과가 있는데
그런 결과가 생기는 이유가 반드시 있습니다.
시장에 비유하여 말씀드리겠습니다.
시장이란 아침에는 사람이 들끓지만 저녁에는 텅 비게 됩니다.

그것은 사람들이 아침 시장을 사랑하거나
저녁 시장을 미워해서가 아닙니다.
필요한 것이 있으면 가고,
없으면 떠나버리기 때문입니다.
그러므로 사람들이 군을 싫어할 이유가 있으면
군을 내쫓고
군을 가까이할 이유가 있으면
군을 가까이할 것입니다.
사정이 이러하니 군께서도 원망을 덮어두시지요."
이 말을 듣자 맹상군은 자기가 보복하려 했던 사람
오백 명의 명단을 찢어버리고
다시는 입에 올리지 않았다.

— 전국책戰國策

누가 나를 싫어한다면 반드시
싫어하는 이유가 있을 것이다.
그러므로 끝까지 내가 옳다 하고 그를 미워하면
그는 나를 떠나거나
오히려 나를 해치려 할 것이다.
이는 그에 대한 미움을 잊고
그로 하여금 나에게 오도록 하는 것만 못하다.

죽은 후에 쉬어라

자공子貢이 배움에 싫증이 나자
스승인 공자에게 말했다.
"휴식을 취할 곳이 있으면 좋겠습니다."
공자가 말했다.
"사람이 사는 동안에는 휴식할 곳이 없는 법이야."
자공이 말했다.
"그렇다면 저에게는 휴식할 곳이 없다는 말씀입니까?"
공자가 말했다.
"있기는 있지.
저 무덤을 보아라.
울룩불룩 솟아 있는 저 무덤이야말로
네가 쉴 곳임을 알아야 한다."
자공이 말했다.
"위대하도다, 죽음이여!

군자에게는 휴식을 뜻하고
소인에게는 굴복을 뜻하는구나."
공자가 말했다.
"자공아, 네가 그것을 알았구나!
사람들은 모두 삶이 즐거워야 한다는 것은 알지만
삶 가운데에 고통도 있어야 한다는 것은 모르며,
늙어서 힘들게 되는 것은 알지만
늙으면 편안함이 온다는 것은 알지 못하고,
죽음에 대한 무서움만 알지
죽음이 휴식을 준다는 사실은 모르고 있다."

— 열자列子

고난이 다가왔을 때
우리는 흔히 와서는 안 될 것이 찾아왔다고 생각한다.
그리고 괴로워한다.
이러한 생각은
나의 삶에는 원래 고난이 없어야 당연하다는 것을
전제로 한다.
그러나 고난은 즐거움과 함께 삶의 중요한 요소이므로
누구에게나 찾아온다.
다만 고난이 찾아오는 시기가 사람마다 다르기 때문에
나만이 고난을 당한다고 생각하기 마련이다.
늙어가는 것과 죽음도 이와 같이 누구에게나 오는 것.
예외는 없다.
그러므로 늙어감과 죽음을 두려움의 대상으로 보지 말자.
늙으면 찾아오는 인생에 대한 관조가 있고
죽음은 우리에게 영원한 안식처를 제공해준다.
이것이 죽음에 대한 공자의 생각이다.

명마를 찾는 사람

백락伯樂이라는 사람이 있었다.

그는 명마를 잘 알아보기로 유명한 사람이었다.

진秦나라 목공穆公이 백락에게 말했다.

"당신도 이제는 늙었소.

당신 자손 중에 말을 잘 고를 만한 사람이 있소?"

"그저 좋은 말이란 근육과 뼈를 보기만 하면 알 수 있습니다.

그러나 천하의 명마는 그 재질이 골수에 숨겨져 있기 때문에

겉모습만 보아서는 알 수가 없습니다.

구방고九方皐라고 하는 사람이 있는데

이 사람의 말에 대한 안목은 저보다 훌륭합니다.

그 사람을 만나보도록 하십시오."

목공은 구방고를 만나 그로 하여금 명마를 구하도록 하였다.

구방고는 천하를 돌아다니다가 석 달 만에 돌아와 보고하였다.

"찾아냈습니다. 사구沙丘라는 곳에 있습니다."

목공이 물었다. "어떤 말이오?"
구방고가 대답했다. "암놈이며 색깔은 누렇습니다."
목공은 심부름꾼을 시켜 그 말을 데려오게 했다.
심부름꾼은 그 말이 수놈인데다가 검은색이라고 보고했다.
목공은 불쾌하여 백락을 불렀다.
"틀렸소! 당신이 추천했던 구방고라는 자는
말의 색깔이나 암수조차도 구별 못 하니
어찌 말에 대하여 안다고 할 수가 있겠소?"
백락은 크게 한숨을 쉬면서 말했다.
"구방고가 본 것은 말의 내면에 있는 명마의 소질입니다.
그것은 하늘이 내리는 것이므로 겉으로는 보이지 않습니다.
그는 말의 정수만을 파악하고 대강은 잊어버린 것이며
말의 재질을 살피고 외모는 잊어버린 것입니다.
그는 살펴야 할 것만을 살피고
살피지 않아도 될 것은 빠뜨린 것입니다."
이 말을 듣고 다시 살펴보니
그가 찾아온 말은 과연 천하의 명마였다.

— 열자列子

무슨 일을 할 때마다
일의 본질을 확실히 파악하고
그 본질을 놓치지 않는 것이 중요하다.
그러나 우리는 곧잘 주변에 마음을 더 쓰는 경향이 있다.
사람을 찾을 때에도
외모에 먼저 집착한다.
그러나 사람을 정말 볼 줄 아는 사람은
그 사람의 내면을 보려 한다.
그러다보면 중요하지 않은 것은 기억하지 못할 수도 있다.
주변적인 요소가 필요하지 않은 것은 물론 아니다.
다만 주변적인 것에 마음을 주다보면
자칫 본질을 잊게 된다.
평생 함께 일할 사람을 선택한다면
우리는 무엇을 먼저 보아야 할까?
평생의 직장을 구한다면
우리는 무엇을 먼저 보아야 할까?
평생의 배우자를 선택한다면
우리는 무엇을 먼저 보아야 할까?

선비와 죽음

제齊나라의 신하인 관연管燕이라는 사람이
죄를 지어 추방을 당하게 되었다.
그는 좌우의 식객들에게 물었다.
"그대들 가운데 누가 나와 더불어
다른 제후에게 투항할 것인가?"
그러나 같이 가겠다는 사람이 하나도 없었다.
관연은 그들이 이렇게 무정한가 싶어 눈물을 흘리며 말했다.
"슬프도다.
선비를 얻기는 쉬웠는데 쓰기는 어찌 이토록 어려운가?"
그러자 전수田需라는 사람이 대답했다.
"당신의 오리는 먹이가 남아돌아도
당신의 선비들은 하루 세 끼를 먹지 못했고,
당신의 후궁들은 비단치마를 끌며 다녀도
당신의 선비들은 의복이 부족했습니다.

이는 선비에게는 재물을 소중히 여기고
오리나 후궁들에게는 재물을 가벼이 여긴 것입니다.
그러나 선비는 오로지 죽음을 소중히 여깁니다.
지금 당신은
당신이 가벼이 여기는 것조차도 선비에게 주지 않으면서
선비가 중히 여기는 죽음으로 당신을 섬기라고 하니
따르는 사람이 없는 것입니다.
선비를 얻기는 쉬우나 쓰기 어려운 것이
절대로 아닙니다."

— 전국책戰國策

얻으려면 먼저 주어야 한다.
주지 않고 얻기를 바라는 것은 헛된 욕망이다.
그러나 남에게 주기가 어디 쉬운가?
남에게 주는 것도 자꾸 연습을 해야 한다.
남에게 주는 연습을 게을리 하면
나에게 남아도는 것조차도 남에게 줄 수가 없다.
따뜻한 눈길 한 번
따뜻한 손길 한 번
따뜻한 말씨 한 번 줄 수가 없다.
가끔 내 집의 쓰레기통을 열어보자,
남에게 필요한 것을 버린 일은 없는지.
그리고 마음의 창고도 열어보자,
주어도 남을 것을
아끼고 쌓아놓은 일은 없는지.

제6장
물은 왜 불보다 무서운가

세 가지의 즐거움

맹상군孟嘗君이 각국을 순방하다가 초楚나라에 이르렀다.
초나라에서는 그에게 상아로 장식한 상을 선물하고자 하여
등도登徒라는 사람에게 운반 책임을 맡겼다.
그러나 등도는 이 일을 맡기가 싫었다.
등도는 맹상군의 문객인 공손수公孫戍에게 말했다.
"나는 맹상군에게 상아 상을 실어다줄 책임을 맡았는데
이 상아 상의 값은 천금이나 됩니다.
만약 조금이라도 실수를 하여 흠이라도 내게 되면
제 처자를 팔아도 그 값을 물어줄 수가 없습니다.
그러니 당신이 만약 이 책임을 면하게 해준다면
저희 집안에 대대로 전해오는 보검을 드리겠습니다."
공손수가 그 말을 듣고 맹상군에게 가서 물었다.
"군께서는 초나라의 상아 상을 받을 생각이 없겠지요?"
"아무렴!"

"저도 군께서 그 상을 받지 않는 것이 옳다고 생각합니다."

"왜 그런가?"

"작은 나라가 그동안 군을 훌륭하게 대접한 것은
군께서 빈궁한 사람을 도와주고
정의롭게 행동했기 때문입니다.
또한 작은 나라의 영걸들이 자기 나라 일을
군과 상의한 것은
군의 의기를 좋아하고 군의 청렴함을 좋아했기 때문입니다.
그런데 지금 초나라의 상아 상을 받으신다면
다음에 갈 작은 나라들이
무엇으로 군을 대접할 수 있겠습니까?
그러므로 군께서 그 상을 받지 않는 것이 옳다고 생각합니다."

"네 말이 옳도다!"

이 말을 들은 공손수가 기뻐하며 막 달려나가려는데
맹상군이 그를 불러세우고 물었다.

"그대는 나를 보고 상아 상을 받지 말라고 했지?
참 좋은 생각이었다.
그런데 지금 그대는 왜 그렇게 펄펄 뛰며 좋아하는가?"

"예. 그것은 즐거운 일이 세 가지나 생긴 데다가
보검까지 얻었기 때문입니다."
"무슨 뜻인가?"
"군의 식객이 백여 명이나 되지만
누구 하나 감히
군 앞에 나아가 바른 말을 하는 자가 없었습니다.
그런데 제가 해냈으니 이것이 첫째 즐거운 일이고,
제가 바른 말을 했더니 군께서 들어주셨습니다.
이것이 둘째 즐거운 일입니다.
결국 저의 말이 군의 과실을 고쳐준 셈이니
이것이 셋째 즐거운 일입니다.
그리고 상아 상의 운반을 책임졌던 등도라는 사람이
이 책임을 면하게 해주면
자기 집안의 보검을 주겠다고 말했습니다."
"음, 아주 좋다. 그런데 그 보검을 받을 생각인가?"
공손수는 머뭇거리다 대답했다.
"아닙니다. 어찌 감히 받겠습니까?"
맹상군이 말했다.

"아니다. 빨리 가서 받아라."

이렇게 말하고 맹상군은 문 밖에 다음과 같이 써붙였다.

"누구든지 나의 명성을 높여주고
나의 잘못을 막아주고
그리고도 사사로이 보물을 얻을 수 있는 자는
서슴지 말고 빨리 들어와 말하라!"

— 전국책戰國策

맹상군은 멋지다.

멋진 임금은 멋진 신하를 얻는다.

멋진 장군은 멋진 부하를 얻는다.

멋진 사람은 멋진 친구를 얻는다.

멋진 남자는 멋진 부인을 얻고

멋진 여인은 멋진 남편을 만난다.

자기의 부인이 멋진 부인이 아니라고 생각하는가?

자기의 남편이 멋진 남편이 아니라고 생각하는가?

멋진 친구가 없는가?

멋진 부하가 없는가?

그렇다면 자신이 멋진 사람인가 되돌아볼 일이다.

그러나

멋진 부모가 반드시 멋진 자식을 두는 것은 아니며

멋진 자식이 반드시 멋진 부모를 모시는 것은 아니다.

부모와 자식은 하늘이 맺어준 인연이므로

멋지지 않다고 하여 버리거나 바꿀 수 없기 때문이다.

물은 왜 불보다 무서운가

정鄭나라의 재상 자산子產이 병에 걸렸다.
그는 유길游吉이라는 사람에게 유언을 남겼다.
"내가 죽으면 그대가 필히
정나라의 국정을 담당해야 할 것이오.
정치를 할 때는 엄격하게 법을 집행해야만 하오.
불과 물을 보시오.
불은 뜨겁고 맹렬한데도
타죽는 사람은 적고,
물은 약하고 부드러워 보이지만
빠져죽는 사람이 많소.
그러니 그대는 엄격한 법도로 정치를 해야지
유약하게 해서는 안 될 것이오."
그러나 자산이 죽은 후에 유길은 엄격한 정치를 하지 않았다.
그러자 정나라의 청년들은 떼를 지어 도적이 되고

숲 속이나 호수에 숨어 반란을 도모했다.
유길은 군대를 이끌고 공격하여
하루 밤낮을 싸워서야 겨우 그들을 제압할 수 있었다.
유길이 탄식하며 말했다.
"내가 일찍 자산의 가르침대로 했더라면
오늘날 이렇게 후회하지는 않았을 텐데."

— 한비자韓非子

불길은 무섭다.

그러므로 사람들은 불길을 겁내어 함부로 뛰어드는 일이 없다.

물은 부드럽다.

그러므로 사람들은 함부로 물 속에 뛰어든다.

이것이 불 때문에 죽는 사람보다

물 때문에 죽는 사람이 많은 이유이다.

연약하고 부드러워 보이면

주의하지 않는다.

가정교육도 이와 같다.

연약하게 교육받은 어린이는

집 안에서는 사랑받을지 모르지만

집 밖에서는 사랑받지 못한다.

엄격하게 교육받은 어린이는

예의를 알고 염치를 알아

집 안에서도 사회에서도 항상 사랑받는다.

어느 것이 현명한 가정교육인가?

염주를 목에 건 고양이

고양이가 어느 날 목에 염주를 걸었다.
나이 많은 쥐가 이를 보고 몹시 기뻐하여
다른 쥐에게 말했다.
"고양이가 부처님을 믿기 시작했구나.
이제 그는 살생을 하지 않을 것이니
우리는 안심하고 살 수 있게 되었다."
그는 어린 쥐들을 데리고 고양이를 찾아가 감사를 표했다.
그러자 고양이는 순식간에 몇 마리의 쥐를 잡아먹어버렸다.
나이 많은 쥐는 간신히 위험을 벗어나
혀를 내두르며 말했다.
"고양이가 부처님을 믿더니 더 독해졌구나."

— 소림笑林

고양이는 육식동물이다.
그가 염주를 목에 걸었다고
초식동물로 변할 수는 없다.

잡았던 범인을 풀어준 이유

오자서伍子胥라는 사람이 있었다.

초楚나라에서 그를 잡아들이려 했다.

그는 수배를 피하여 국경으로 향했다.

도중에 그는 변경의 수비병에게 체포되었다.

그러자 오자서는 수비병에게 말했다.

"초나라 왕이 나를 잡으려는 이유를 그대는 아는가?

그것은 내가 진귀한 보석을 가졌기 때문이다.

그러나 지금 나는 그 보석을 잃어버리고 말았다.

만약 그대가 나를 왕에게 넘긴다면 나는 이렇게 말하겠다.

'나를 체포한 저 수비병이 내 보석을 삼켜버렸습니다.'

그렇게 되면 왕은 그대의 배를 가르고 말 것이다."

그러자 병사는 자신이 죽을 것을 두려워하여

오자서를 풀어주고 말았다.

— 한비자韓非子

왕의 명령에도 불구하고
수비병이 그를 풀어준 이유는 무엇인가.
왕이 오자서의 말을 믿은 채
자기의 배를 가를 것이라고 생각했기 때문이다.
수비병은 왜 이런 생각을 갖게 되었는가?
왕이 진실된 소리를 듣지 않고
곧잘 거짓소리에 귀 기울이며
탐욕에 약하다고 믿었기 때문이다.
만약 그 수비병에게
왕은 진실을 사랑하며
매사에 신중하고
함부로 사람을 죽이지 않는 사람이라는 믿음이 있었다면,
왜 오자서를 풀어주었겠는가?
윗자리에 앉은 사람들이 곰곰이 생각해야 할 일이다.

이사 가는 뱀

연못물이 마르자 그곳에 살던 뱀들이
이사를 가기로 결정했다.
그러나 여러 식구들이 한꺼번에 이동을 하면
자연히 사람들 눈에 뜨일 것이고
그러면 사람들이 자기들을 모두 죽이지 않을까 걱정되었다.
그때 작은 뱀 한 마리가 큰 뱀에게 말했다.
"네가 앞에 가고 내가 뒤를 따라가면,
사람들은 그저 평범하게 뱀이 지나간다고 생각하고
돌로 쳐서 우리를 죽이려 할 것이다.
그러나 몸집 큰 네가 몸집 작은 나를 등에 업고
내가 너의 머리를 물고 간다면
사람들은 우리의 모양을 보고 틀림없이 놀랄 것이고
우리를 하늘이 내린 기이한 뱀이라고 여길 것이다.
그리 되면 감히 우리를 죽이지 못할 것이 아닌가?"

그들은 작은 뱀의 말이 그럴 듯하다고 여겼다.
그리하여 마침내 큰 뱀이 작은 뱀을 업고
작은 뱀은 큰 뱀의 머리를 물고 길을 떠났다.
과연 사람들이 다니는 큰길을 지날 때도
그것을 본 사람들은
과연 하늘이 보낸 뱀이라고 생각하며 얼른 길을 비켜주었다.

— 한비자韓非子

작은 뱀의 생각은 기발하다.
기발함의 내용은 무엇인가?
앞뒤로 가야 할 것을
위아래로 바꾸고,
머리를 들고 가는 모습을
머리를 물고 가는 것으로 바꾼 것이다.
이 생각이 그들의 생명을 구했다.
바꾸어 생각해보는 것.
높은 것을 낮다고 생각해보고
낮은 것을 높다고 생각해보고
옳은 것을 그르다고 생각해보고
그른 것을 옳다고 생각해보고
아름다운 것을 추하다고 생각해보고
추한 것을 아름답다고 생각해보고
귀한 것을 천하다고 생각해보고
천한 것을 귀하다고 생각해보고
편한 것을 불편하다고 생각해보고
불편한 것을 편하다고 생각해보고

강한 것을 약하다고 생각해보거나
약한 것을 강하다고 생각해보는 것.
바꾸어 생각해보는 것.
일반적 인식의 세계를 벗어나는 것.
상대적 인식의 세계를 거부하는 것.
이것이 창조적 사고의 출발점이며
초월의 기반이다.

장자와 해골의 대화

장자가 초楚나라로 가는 길에 앙상한 해골을 보았다.

그는 채찍으로 해골을 두드리며 물었다.

"너는 살기만을 탐하고 도리를 잃었기에 이 꼴이 되었느냐.

아니면 나라를 망치는 죄를 지어 이 꼴이 되었느냐.

그렇지 않으면 나쁜 짓을 하다가 부모와 처자에게

치욕이 돌아갈까 겁을 먹고 자살하여 이 꼴이 되었느냐.

혹은 추위에 얼고 굶주린 끝에 이런 꼴이 되었느냐.

그렇지도 않다면 네 수명이 그뿐이더냐."

그러다가 장자는 그 해골을 베고 잠이 들어버렸다.

해골이 꿈속에 나타나 말했다.

"당신이 하는 이야기는 마치 저 변론가들의 말과 똑같구나.

당신이 말하는 것은 모두 인생의 괴로움뿐이지만

죽으면 그런 것도 없어지는 법이다.

당신은 죽음의 즐거움에 대해 들어보고 싶지 않은가?"

장자가 대답했다.

"좋소."

해골이 말을 이었다.

"죽음의 세계에는 군왕도 신하도 없고
계절마다 해야 할 일도 없다.
다만 천지와 더불어 유연하게 세월을 보낼 뿐이다.
왕도 이보다 더 즐거울 수는 없지."

장자는 그 말이 믿어지지 않아 다시 물었다.

"내가 목숨을 주관하는 신령에게 부탁하여
그대의 육신을 부활케 하고
그대의 뼈와 살과 피부를 예전처럼 만들어
그대의 부모처자와 고향의 친지들에게 보내주겠다면
당신은 어찌하겠소?"

해골은 눈썹을 찡그리고 이마를 찌푸리며 말했다.

"내가 어찌 군왕 같은 즐거움을 버리고
다시 인간의 고뇌를 반복하겠는가.
그런 말은 하지도 말라."

— 장자莊子

죽음은 의외로 우리와 친숙한 것인지도 모른다. 젊은이에게는 다만 그 자태를 드러내 보이지 않을 뿐. 시인 천상병은 그의 시 〈귀천歸天〉에서 죽음을 이렇게 보았다.

나 하늘로 돌아가리라
새벽빛 와 닿으면 스러지는
이슬 더불어 손에 손을 잡고,

나 하늘로 돌아가리라
노을빛 함께 단둘이서
기슭에서 놀다가 구름 손짓하며는,

나 하늘로 돌아가리라
아름다운 이 세상 소풍 끝내는 날,
가서, 아름다웠더라고 말하리라…….

맨발로 사는 동네의 신발장수

노魯나라에 한 부부가 살았다.
남편은 신발을 잘 만들었고 부인은 모자를 잘 만들었다.
그 부부는 월越나라로 이사를 가려고 했다.
어떤 사람이 그 부부에게 말했다.
"월나라에 가면 당신들은 반드시 가난하게 될 것이오."
부부가 물었다.
"왜 그렇소?"
그 사람이 대답했다.
"신발이란 발에 신고 다니는 것인데 월나라 사람들은
맨발로 다니며, 모자는 머리에 쓰는 것인데
그 나라 사람들은 머리를 풀고 다니지 모자를 쓰지 않는다오.
당신네 기술이 뛰어나다고 하지만 그런 물건을
사용하지 않는 나라에 가서 뜻대로 잘살 수가 있겠습니까?"

— 한비자韓非子

어느 전자회사의 이야기—

사우디아라비아에 전기밥솥을 수출했다.
그런데 제품이 좋지 않다고 불만이 많았다.
회사에서는 그 제품의 품질을 조사해보았다.
전기 부분도 아무런 이상이 없었고
밥이 눋지도 않았다.
회사에서는 전기밥솥에 아무런 이상이 없다는 결론을 내리고
더 이상 문제 삼지 않았다.
같은 제품을 그곳에 수출한 일본의 어느 전자회사도
똑같은 일을 당했다.
이 회사에서는 즉시 그곳으로 사람을 보내
사정을 조사했다.
그 결과 사우디아라비아 사람들은
밥만큼이나 누룽지를 좋아하기 때문에
밥이 눋지 않는 밥솥은 좋은 제품이 아니라고 여긴다는
사실을 알게 되었다.
일본 회사에서는 곧바로

밥이 적당히 눋도록 전기밥솥을 만들어 다시 수출했다.
결과는 대성공이었다.

기술은 같은데 왜 우리나라 회사는 일본 회사에 뒤졌을까?
상대의 요구를 알고 있는가?
내가 필요한 것이라고 하여
상대도 그것을 요구한다고 착각하지 말자.

동쪽으로 가는 두 사람

전백정田佰鼎이라는 사람이 있었다.
그는 모사謀士를 거느리기를 좋아했다.
그는 이들의 힘을 빌려
자기가 모시던 군주를 훌륭하게 보필할 수 있었다.
백공승白公勝이라는 사람이 있었다.
이 사람도 역시 모사를 많이 거느렸다.
그러나 그는 전백정과 달리
모사들을 이용하여 반란을 일으켰다.
전백정과 백공승은 다 같이 선비를 좋아했으나
그들을 쓰려는 목적은 이와 같이 서로 달랐다.
혜자惠子가 말했다.
"한 미치광이가 동쪽으로 갔다.
그를 찾으려는 사람도 역시 동쪽으로 갔다.
그들이 동쪽으로 간 것은 같으나

동쪽으로 가는 목적은 서로 다르다."
그러므로 같은 일을 하는 사람이라도
그 목적을 상세히 살피지 않으면 안 된다.

— 한비자韓非子

똑같은 행동이라도 원인은 다를 수 있다.
아이가 버릇이 나빠서 울기도 하지만
몸이 아파서 울 수도 있다.
어린아이가 장난을 치다가 꽃병을 깨뜨릴 수도 있지만
엄마를 돕기 위해 청소를 하다가 깨뜨릴 수도 있다.
학생이 게을러서 지각하는 경우도 있지만
짐진 노인을 돕다가 지각할 수도 있다.
학생이 선생님을 놀리기 위해 장난을 칠 수도 있지만
선생님의 관심을 끌기 위해 장난을 칠 수도 있다.
직장의 상사가 나를 나무라는 것은
내가 미워서 그럴 수도 있지만
나를 아끼기 때문에 그럴 수도 있다.
부하 직원이 윗사람에게 대들었다면
윗사람이 미워서 그럴 수도 있지만
그 사람의 호탕함을 믿기에 그럴 수도 있다.
이러한 행동을 하나로 보고 탓하기만 하면
상대방의 가슴은 얼마나 아프겠는가?
행동의 원인을 알아보는 것은 오해를 없애는 지름길이다.

자식을 피하는 어머니

천하의 명궁인 예羿가 활시위를 당기면
누구라도 과녁을 손에 들고 서 있겠지만,
어린아이가 활을 당기면
그 아이의 어머니라도 방 안으로 숨어 문을 잠근다.
이와 같이
활 쏘는 사람에 대한 믿음이 있으면
누구나 과녁 아래 서 있기를 두려워하지 않지만,
활솜씨가 의심스러울 때는
어머니조차도 자기 자식을 피하기 마련이다.

— 한비자韓非子

믿음이 없으면 부모도 자식을 피한다.

이와 같이 믿음은 중요하다.

믿음은 어려운 일도 곧잘 해결해주고

서로의 삶을 아름답게 꾸며주기도 한다.

사람은 항상

다른 사람이 자기를 믿어주지 않는다고 서운해한다.

그러나 다른 사람이 나를 믿도록

얼마나 노력해보았는가?

"믿어주세요"라고 말할지라도

다른 사람은 함부로 당신을 믿지 않는다.

당신이 함부로 다른 사람을 믿지 않듯이.

다른 사람이 당신을 믿게 하는 방법은 간단하다.

당신에게 믿음을 주는 어떤 사람이

당신에게 어떻게 했는가를 보면 금방 안다.

꼬리를 아끼는 공작

어떤 수공작의 깃털과 꼬리에 금색과 비취색이 감돌았다.
이는 화가도 흉내낼 수 없는 훌륭한 빛깔이었다.
그런데 이 공작의 본성은 몹시 질투심이 많아서
아무리 훈련을 시켜놓아도 화려한 옷을 입은 아이들을 보면
반드시 물어뜯곤 했다.
또한 이 공작이 산에 있을 때는
먼저 꼬리를 감출 장소를 물색한 후에야 몸을 쉬었다.
어느 비오던 날이었다.
공작은 꼬리가 비에 젖지 않게 자리를 잡고 쉬었다.
그때 사냥꾼이 막 들이닥쳤다.
그런데도 이 공작은 꼬리가 비에 젖는 것을 싫어하여
날아오르지 않았다.
공작은 끝내 사냥꾼에게 잡히고 말았다.

— 권자權子

버려도 되는 것과 버려서는 안 되는 것.

이것을 구분하지 못하여 공작은 잡혔다.

버려도 되는 것은 과감히 버릴 수 있어야 하고

버려서 안 될 것은 어떤 일이 있어도 버려서는 안 된다.

내가 버려도 되는 것은 무엇인가?

내가 버려서 안 될 것은 무엇인가?

빛나는 명상거리.

도깨비를 그리기가 쉬운 이유

제왕이 화가에게 물었다.
"무엇을 그리는 것이 가장 어려운가?"
화가가 대답했다.
"말이나 개를 그리는 것이 가장 어렵습니다."
제왕이 다시 물었다.
"그렇다면 무엇을 그리는 것이 가장 쉬운가?"
화가가 대답했다.
"도깨비를 그리는 것이 가장 쉽습니다."
제왕이 이상하게 여겨 또다시 물었다.
"말이나 개는 항상 보는 것인데
그리기 어려운 이유가 무엇이며,
도깨비는 눈에 보이는 것도 아닌데
그리기 쉬운 이유가 무엇인가?"
화가가 대답했다.

"말이나 개는 아침부터 저녁까지 항상
사람들의 눈에 띄기 때문에
사람들이 그 모양을 잘 알고 있습니다.
그러므로 조금만 잘못 그려도
사람들이 바로 알아보기 때문에 그리기가 어렵습니다.
그러나 도깨비는 형체를 본 사람이 없기 때문에
잘못 그릴지라도 시비하는 사람이 없습니다.
도깨비를 그리기 쉬운 이유가 바로 이것입니다."

— 한비자韓非子

무슨 일이나
나보다 잘하는 사람 앞에서는
멈칫거려지게 마련이다.
개를 그리기 어려워하는 화가처럼.
나보다 그림을 잘 그리는 사람 앞에서는
붓이 잘 돌아가지 않고,
외국어도 나보다 잘하는 사람 앞에서는
입이 잘 떨어지지 않는다.
그러므로
아이가 당신 앞에서
산수 문제를 잘 풀지 못하는 것은
당신이 자기보다 이 문제를 더 잘 푼다고 믿기 때문이다.
가끔 아이에게서 배우려고 해보라.
아이는 신이 나서 당신을 가르치려 할 것이다.
당신이 진정으로 바라는 모습이 아닌가?

늙은 명마의 재기

기마驥馬라고 불리는 천하의 명마가 있었다.
그러나 세월이 흐르자 이 말도 나이가 들었고,
주인은 말의 힘이 떨어진 것을 알고는
더 이상 기대를 하지 않은 채 소금 수레를 끌게 했다.
어느 날 이 말이 소금 수레를 끌고 산을 넘게 되었다.
말굽은 늘어지고 무릎은 자주 꺾였다.
꼬리에는 힘이 빠졌으며 온몸에서는 땀이 비오듯 했다.
게다가 소금이 녹아내려 땅을 적셨다.
그러다가 험한 산중턱에 이르자
수레의 앞바퀴조차 부서져버렸다.
말은 땅에 힘없이 쓰러졌다.
이때 마침 백락伯樂이라는 사람이 지나가다가
이 광경을 보았다.
그는 말에 대한 안목이 깊은 사람이었으므로

한눈에 이 말이 천하의 명마였다는 것을 알 수 있었다.
그는 한때의 명마가 이럴 수 있는가 하고
자기가 탄 수레에서 내려와
그 말을 어루만지며 눈물을 흘렸다.
그리고는 입었던 비단옷을 벗어 말을 덮어주었다.
그 말은 땅에 엎드린 채 숨을 몰아쉬다가
마침내 다시 고개를 들어 크게 울었다.
울음소리는 하늘을 울리며 퍼져나갔다.
그 소리는 마치 바위나 쇠를 두드리는 것처럼 우렁찼다.
그 말은 다시 천리를 달렸다.
어떻게 그럴 수가 있었을까?

— 전국책戰國策

짐승도 자기를 알아주는 사람을 만나면

힘을 낸다.

인간과 짐승의 굴레를 떠나

마음이 서로 통하는 것이다.

식물도 이와 같다.

두 개의 양파를 물잔에 담아놓고

한 개만 매일 사랑하는 마음으로 쓰다듬어주면,

그 양파는

다른 양파보다 훨씬 더 빨리 자란다.

하물며

사람과 사람 사이는 어떻겠는가?

당신은 다른 사람을 알아주려고 노력하고 있는가?

다른 사람을 항상 칭찬하고 있는가?

다른 사람을 항상 격려하고 있는가?

이번 달에는 몇 번이나 했는가?

만약 당신을 위하여 노력하는 용장이 없다면

이는 당신의 책임이다.

제7장
모기를 위하여 사람이 산다?

환어도 미끼를 문다

환어鰥魚라는 물고기는 크기도 하지만
잘 잡히지 않기로도 유명하다.
자사子思가 위魏나라에 있을 때 일이다.
어떤 사람이 강에서 낚시를 하다가 환어를 잡았다.
그 고기는 한 마리의 크기가 수레만 하였다.
자사가 그에게 물었다.
"환어는 잡기 어려운 고기라고 들었소.
그대는 그 고기를 어떻게 잡았소?"
그가 대답했다.
"제가 처음 환어를 잡고자 했을 때
방어 한 마리를 미끼로 썼습니다.
환어는 이를 쳐다보지도 않고 지나쳤습니다.
다음에는 돼지 반 마리를 미끼로 썼습니다.
그랬더니 환어가 이 미끼를 물었습니다."

자사가 탄식하며 말했다.
"환어는 잡히지 않기로 유명한 고기지만
욕심 때문에 미끼에 걸리고,
선비는 비록 도를 알고 있다고 하지만
봉록에 눈이 어두워 몸을 버리는구나!"

— 공총자孔叢子

사회생활도 이와 같다.
약간의 금전 때문에
동료를 등지고,
내 사람 하나를 쓰고자
조직의 질서를 파괴한다.
훌륭한 뜻을 품었던 사람도
몸을 버리는 경우가 있다.
자기의 의지를 꺾고 권세에 힘을 빌려주어
나라와 역사를 속인다.
이것이 모두 욕망 때문이다.
그러나 이 모두가 허망한 것은
그의 후손조차 이를 원치 않기 때문이다.
백년이 길지 않아
후손의 비판이 잠깐이면
눈앞에 와 닿는 것을!

유행을 만드는 임금

제齊나라 환공桓公은 보라색 옷을 즐겨 입었다.
그러자 이 옷이 유행하여
온 나라 사람들이 모두 보라색 옷을 즐겨 입었고,
마침내 다섯 필의 흰색 옷감으로도 한 필의 보라색 옷감을
바꿀 수 없게 되었다.
환공이 이를 걱정하여 관중管仲에게 물었다.
"과인이 보라색 옷을 좋아하여
나라 안에 보라색 옷이 매우 귀하게 되었소.
보라색 옷이 이미 귀하게 되었는데도
온 백성들이 여전히 보라색 옷을 좋아하니
과인은 어찌해야 하겠소?"
관중이 말했다.
"군주께서 이러한 풍조를 없애려 하신다면
어찌 자신이 먼저 보라색 옷을 벗어던지지 않으십니까?"

환공은 즉시 주위의 신하들에게 말했다.
"과인은 이제 보라색 옷이 싫어졌소."
이 말을 한 뒤로 환공은
주위에 보라색 옷을 입은 신하가 가까이 오면
"나는 보라색 옷이 싫다. 뒤로 물러서라."
라고 호통을 쳤다.
그러자 당장 궁궐 안에 보라색 옷을 입은 사람이 사라졌고
이틀 만에 서울에 보라색 옷을 입은 사람이 사라졌고
삼일이 지나자 온 나라에 보라색 옷을 입은 사람이 없어졌다.

— 한비자韓非子

자기가 바꾸면 될 일을 다른 사람에게 바꾸라고 할 때가 있다.
미국의 천주교도들은 결혼 예물로
구리반지를 주고받는다.
값비싼 보석을 예물로 하면
생활이 궁핍할 때 팔 수도 있기 때문이다.
사랑의 징표를 팔아서야 되겠는가?
우리도 그랬으면 참 좋겠다.
대통령의 아들이 구리반지를 예물로 삼고
장관의 아들이 구리반지를 예물로 삼고
잘사는 사람들이 구리반지를 예물로 삼으면
모든 사람들이
구리반지를 예물로 삼을 것이다.
모든 일이 이와 같지 않겠는가?
스스로 알아서 분수에 맞게 살아야 한다는 지적은
얼핏 옳아 보이지만
시대의 흐름을 어기기 힘든 것이 또한
사람 아닌가.

신하와 군주

진晋나라 문공文公이
초楚나라와 전쟁을 치르고 있었다.
그가 어느 날 황봉릉黃鳳陵이라는 곳에 이르렀을 때
갑자기 신발끈이 풀어졌다.
당시의 군주는 직접 신발끈을 매지 않고
하인이나 신하를 시키게 되어 있었다.
그러나 문공은 자신이 직접 신발끈을 매었다.
좌우의 신하들이 물었다.
"어찌하여 신하들에게 시키지 않습니까?"
문공이 대답했다.
"상급의 군주는
자기가 존경하는 인물과 상대하고
중급의 군주는
자기와 우정을 나누는 인물과 상대하며

하급의 군주는
자기가 다루기 쉽고 편하게 대할 수 있는 인물과
상대한다고 들었소.
내가 비록 재주와 덕은 없으나
내가 존경하는 신하들이 모두 여기 있는데
어찌 그들에게 내 신발끈을 매게 할 수 있겠소?"

— 한비자韓非子

아무리 왕이라도

신하 없이 정치를 할 수는 없다.

이와 같이

세상에 혼자 일을 할 수 있는 사람은 없다.

항상 주위의 도움이 필요하다.

그러므로 주위 사람이 어떠한가에 따라

일의 성패가 결정된다.

주위에 어떠한 사람이 모이는가?

이것은

내가 그들을 어떻게 대하는가에 따라 결정된다.

주위 사람이 어리석다고

그들을 탓할 일이 아니다.

사실은 내가 어리석은 것이다.

문공의 말대로라면 나는

상급의 군주처럼 행동하는가?

중급의 군주처럼 행동하는가?

하급의 군주처럼 행동하는가?

사슴이 잡히는 이유

사슴이 달리는 속도는 아주 빠르다.
만약 사슴이 앞만 보고 달린다면
여섯 마리 말이 끄는 수레도 그를 따라잡지 못할 것이다.
그러나 사슴은 결국 잡힌다.
왜 그럴까?
사슴은 달리다가 곧잘 뒤를 돌아보기 때문이다.

— 시자尸子

빨리 달릴 수 있는 능력을 가지고도
잡히고 마는 사슴처럼
능력을 다하지도 않고
뒤만 돌아보는 일이
우리에게는 없는가?

왕을 위한 정치와 간신을 위한 정치

위魏나라의 서문표西門豹라는 사람이 업현鄴縣의 현령을 지냈다.

그는 청렴하고 성실했기 때문에

개인적인 이득을 도모하는 일이 없었고

왕의 측근들에게 어떠한 상납행위도 하지 않았다.

이로 인하여 좌우의 근신들이 그를 모함했다.

이렇게 일 년이 지난 후

그는 왕에게 일 년간의 업적을 보고하게 되었다.

보고를 들은 왕은 그의 능력을 의심하여 면직시키려 했다.

서문표는 간절하게 청원했다.

"제가 예전에는 업현을 다스리는 방법을 알지 못했으나

이제 알게 되었습니다.

다시 한 번만 다스릴 수 있는 기회를 주십시오.

만일 이번에도 잘 다스리지 못한다면 사형이라도 받겠습니다."

왕은 마지못해 또 한 번 그를 임명하였다.

업현으로 돌아간 서문표는
이번에는 백성들로부터 무거운 세금을 거두어
위로는 조정의 근신들을 잘 받들고 상납도 자주 했다.
그렇게 일 년이 지난 후 서문표가 왕을 만나러 갔다.
왕은 직접 그를 영접하며 친절하게 맞아들였다.
서문표가 말했다.
"지난해에는 제가 주군을 위하여 업현을 다스렸더니
주군께서는 저를 면직시키려 하셨습니다.
금년에는 주군의 좌우에 있는 측근들을 위하여 다스렸더니
주군께서는 오히려 저를 따뜻하게 대하셨습니다.
이제 다시는 업현을 다스리지 않겠습니다."
서문표는 물러나 나가려고 했다.
왕은 그를 말리며 말했다.
"과인이 이전에는 그대를 이해하지 못했으나
이제는 깨달은 바가 있소.
그대는 과인을 위하여 업현을 잘 다스려주기 바라오."
그러나 서문표는 끝내 왕을 떠나고 말았다.

— 한비자韓非子

권한을 가진 사람은
밝은 통찰력을 가져야 한다.
이 관찰력이 부족하면
필요한 것은 없어지고
필요 없는 것이 늘어가며
유용한 것은 쓰이지 않고
쓸데없는 것이 쓰이며
먼 데 있는 인재가 찾아오기는커녕
가까이 있던 인재도
떠나버린다.

모기를 위하여 사람이 산다?

제齊나라에 전 씨田氏가 살았다.
그가 하루는 자기 집 정원에서 잔치를 열었는데
손님이 천 명이나 참석하는 큰 연회였다.
그 가운데 물고기와 기러기를 바친 사람이 있었다.
전 씨가 그것을 보고 감탄하며 말했다.
"하늘의 은혜는 크기도 하구나!
오곡과 물고기와 새를 만들어 인간에게 주는구나!"
손님들이 이 말을 듣고 모두 고개를 끄덕거렸다.
그때 포 씨鮑氏 집안의 열두 살 난 아들이 말했다.
"선생님의 말씀은 옳지 않습니다.
천지 만물은 사람과 동시에 생겼습니다.
다만 서로간에 종류가 다를 뿐입니다.
이 종류 사이에는 귀하고 천한 구별이 없습니다.
힘과 지혜로 상대방을 제압하여 잡아먹을 뿐입니다.

그러므로 하늘은

어느 한쪽을 위해 다른 한쪽을 만든 것이 아닙니다.

사람이 물고기와 새를 잡아먹는다고 해서

어찌 하늘이 사람을 위해

그들을 만들었다고 할 수 있겠습니까?

그렇다면

모기가 사람의 피를 빨아먹고

호랑이가 사람을 잡아먹는다고 하여

하늘이 모기나 호랑이를 위해

사람을 만들었단 말입니까?”

— 열자列子

하늘에 사는 새를 잡아와 새장에 기르면서
새는 사람을 위해 존재한다는 생각.
산에 사는 토끼를 잡아와 토끼장에 기르면서
토끼는 사람을 위해 존재한다는 생각.
냇물에 사는 고기를 잡아와 어항에 기르면서
고기는 사람을 위해 존재한다는 생각.
숲에 사는 난을 캐어 더운 방 안에 놓고
난은 사람을 위하여 존재한다는 생각.
땅속에 있는 돌을 캐어다 정원에 놓고
돌은 사람을 위하여 존재한다는 생각.
이 모두가 목적론적 사고이다.
목적론적 사고는
하나의 하나에 대한 파괴를 합리화하고
각각의 존재를 부정한다.
목적론적 사고가 유행하면 마침내
저 사람은 나를 위하여 존재한다고 믿기에 이른다.
여기에서 인간 파괴는 시작된다.
저 사람과 내가

직위가 다르고 능력이 다를지라도
그가 나를 위하여 존재하는 것은 아니다.
내가 가장 사랑하는
내 속으로 낳은 자식도
나를 위한 존재가 아니듯이.
그러므로 사람은 각각 존재의 이유가 있다.
자연이 또한 이와 같아서
그들은 그들대로 존재해야 할 이유가 있다.
사람이 자연을 파괴하면
자연은 사람을 파괴한다.

잃는 자와 얻는 자

형荊나라에 활을 잃어버린 사람이 있었다.
그는 활을 찾으려 하지 않고
다음과 같이 말했다.
"형나라 사람이 잃어버린 것을 형나라 사람이 주울 것인데
무엇 하러 찾겠는가?"
공자가 이를 듣고 말했다.
"형나라라는 말만 빼면 좋겠도다."
노자가 공자의 말을 듣고 말했다.
"사람이라는 말을 빼버린다면 더욱 좋겠도다."

— 여씨춘추呂氏春秋

형나라 사람의 말대로라면
내가 잃은 것은 내 나라 사람이 줍는다.
공자의 말대로라면
내가 잃은 것은
누군가는 줍는다.
노자의 말대로라면
내가 잃은 것은
우주 자연 어디론가 돌아간다.
오로지 나의 것이라고 생각했던 것을 잃었을 때
이와 같은 멋진 생각을 해보자.
갑자기 가슴이 시원해지고
그것을 얻은 것보다 더욱
마음이 맑아지지 않겠는가!

시작이 중요하다

제齊나라 환공桓公이 마구간을 둘러보다가
그곳을 관리하는 사람에게 물었다.
"마구간의 일 가운데 무슨 일이 가장 어려운가?"
관리가 대답을 못하자 관중管仲이 대답했다.
"제가 일찍이 마부 일을 해본 적이 있습니다.
그때의 경험으로 말씀드리자면 말우리를 만드는
나무를 구하는 일이 제일 어려웠습니다.
처음에 굽은 나무로 엮어가기 시작하면
그로 인해 다음에도 다시 굽은 나무를 구해야 합니다.
일단 굽은 나무로 말우리를 엮게 되면 그 다음에는 곧은 나무는 쓸모가 없습니다. 그러나 처음에 곧은 나무로 엮으면
다음에도 곧은 나무를 구해야 합니다.
곧은 나무로 엮기 시작하면 굽은 나무는 쓸모가 없습니다."

— 관자管子

말우리 하나 짓는 데에도

처음이 중요하다.

인간사도 이렇지 않겠는가?

간신배가 일단 들어서면

그 다음에 인재가 들어올 수 없고

일단 인재가 등용되면

그 다음에 간신배가 들어오기는 어렵다.

그러므로 처음에 사람을 잘 쓰는 것이 중요하다.

책임과 권한

중산국中山國에 악지樂池라는 재상이 있었다.
한번은 그가 전차 백 대를 이끌고
조趙나라에 사신으로 가게 되었다.
행렬이 워낙 길기 때문에
문제가 적지 않을 것으로 생각하여
그의 식객 중에 재능이 있는 자를 뽑아 인솔 책임을 맡겼다.
그러나 중도에 행렬이 어지러워졌다.
악지가 그에게 말했다.
"나는 네가 재능이 있는 줄 알고 행렬을 인솔하게 했는데
중도에 행렬이 어지러워지니 어찌된 일인가?"
그가 말했다.
"공은 다스림에 대하여 모르고 계십니다.
다스림이라 하는 것은
위엄으로 족히 복종시킬 수 있고

상벌을 앞세우며 명령할 수 있어야 합니다.
지금 저는 공의 연소한 식객에 불과합니다.
나이 어린 사람이 나이 많은 사람을 바로잡고
직위가 낮은 사람이 높은 사람을 다스리고
그들의 이해관계를 제어할 힘도 없으면서 다스린다는 것
이것이 혼란의 원인입니다.
만약 저에게
좋은 사람을 높은 자리에 천거하거나
나쁜 사람을 벌줄 수 있는 권한이 있다면
어찌 그들을 다스리지 못하겠습니까?"

— 한비자韓非子

책임을 묻자면
권한도 주어야 한다.
권한이 없는 책임은
이루어질 수 없다.
가정의 작은 일부터
나라의 큰일에 이르기까지
예외가 없다.
책임을 맡길 때는
그만큼의 권한도
넘겨주어보자.
나는 불안하지만
권한을 넘겨받은 사람은
신명나게 움직인다.

용을 보고 도망간 용을 좋아하는 사나이

엽공葉公이라는 사람이 용을 무척 좋아했다.
그는 용을 좋아하는 정도가 심하여
가구나 술잔에도 모두 용을 그려넣었으며
집 안팎에도 곳곳에 용을 그리고 새겨놓았다.
그러자 하늘에 살던 용이 이 소식을 듣고 내려와
머리를 창문에 대고 엽공의 집안을 살펴보았다.
이때 용의 꼬리가 자연히 방 안으로 늘어졌는데
엽공이 이를 보고 놀란 나머지
들고 있던 물건을 내팽개치고 혼비백산하여
집 밖으로 뛰쳐나갔다.
그렇다면 엽공은 정말 용을 좋아하였는가?
아니다. 엽공은 용을 좋아한 것이 아니다.
그가 좋아한 것은 용인 듯하지만 진정한 용은 아니었다.

— 신서新序

선을 좋아한다고 말하는 사람은
정말 선을 좋아하는가?
그에게 정말 선을 실행하자 하면
못 들은 척 도망치는 경우는 없는가?
용을 좋아한다는 사람이
정말 용을 보면 도망가듯이.
믿음 소망 사랑을 좋아한다고 말하는 사람은
정말 믿음 소망 사랑을 좋아하는가?
그에게 정말 믿음 소망 사랑을 실행하자 하면
못 들은 척 도망치는 경우는 없는가?
용을 좋아한다는 사람이
정말 용을 보면 도망가듯이.
정의를 좋아한다는 사람은
정말 정의를 좋아하는가?
그에게 정의를 실천하자고 하면
못 들은 척 도망치는 경우는 없는가?
용을 좋아한다는 사람이
정말 용을 보면 도망가듯이.

그렇다면 우리가 좋아하는 것은 과연 무엇인가?

본질인가

아니면

이름뿐인가?

가죽이 닳고 나면 털이 갈 곳은

위문후魏文候가 유람을 갔다가 나무꾼을 만났다.
그는 털옷을 뒤집어 입은 채 지게를 지고 있었다.
위문후가 물었다.
"그대는 왜 털옷을 뒤집어 입고 있는가?"
나무꾼이 대답했다.
"털을 아끼기 위해서입니다."
위문후가 말했다.
"가죽이 다 닳고 나면 털도 모두 날아가버리지 않겠는가?"

— 신서新序

패기를 갖는 것은 중요하다.

그러나 패기만 많아서는

그 패기를 살릴 수 있는 길이 보이지 않는다.

경험만 많은 사람이 있다.

그러나 경험만 가진 사람은 그 경험을 이용할 방도를 모른다.

주장만 많은 사람이 있다.

그러나 주장만 많은 사람에게는

그 주장을 들어줄 사람이 모이지 않는다.

왜 그런가?

근본을 잊고 있기 때문이다.

패기가 말단이라면

그 패기로 일을 할 수 있는 능력을 갖추는 것이 근본이고,

경험이 말단이라면

그것을 정리할 수 있는 지식이 근본이고,

주장이 말단이라면

그것을 실행할 조건을 마련하는 지혜가 근본이다.

근본을 버리고 말단을 키운들

털을 아끼기 위해 가죽을 버리는 것과 무엇이 다른가?

올빼미와 산비둘기의 대화

올빼미가 날아가다가 산비둘기를 만났다.

산비둘기가 물었다.

"그대는 어디로 가려는가?"

올빼미가 대답했다.

"나는 동쪽 지방으로 갑니다."

산비둘기가 물었다.

"왜요?"

올빼미가 대답했다.

"이곳 마을 사람들이 모두 내 울음소리를 싫어하기 때문이지요."

산비둘기가 말했다.

"동쪽으로 이사를 간다고 해도
그곳 사람들 역시 그대의 울음소리를 싫어할 것입니다.
그대가 스스로 울음소리를 바꾸는 것이 좋지 않을까요?"

— 설원說苑

살다보면 내가 사는 곳을 옮기고 싶어질 때가 있다.

그러나

이곳의 단점이

저곳에는 없어 좋을 것 같지만,

저곳에는 반대로

이곳의 장점이 없다.

주변 사람을 바꾸고 싶을 때도 있다.

그러나

이 사람의 단점이

저 사람에게는 없으나,

저 사람에게는 또한

이 사람의 장점이 없다.

세상에 진선진미盡善盡美한 것은 없다.

그러므로 경우에 따라서는 차라리

나를 바꾸는 것이 좋을 때가 있다.

나를 바꾸는 것은

다른 것을 바꾸는 것보다 훨씬 힘들지만

가장 완전에 가깝다.

제8장
아무리 어려워도 방법은 있다

솔개가 변하여 봉황이 되다

공수公輸라는 사람이 봉황을 조각하고 있었다.
그가 처음 조각을 시작할 때는
벼슬과 발톱도 완성되지 않았고 빛나는 날개도 세우지 않았다.
이때 사람들이 몸체를 보고는 솔개 같다고 했고
머리를 보고는 사다새 같다고 했다.
이렇게 그들은 추하다고 헐뜯고 조잡하다고 비웃었다.
그러나 봉황이 완성되자
푸른 벼슬은 구름같이 솟고 붉은 발톱은 번뜩이며 움직이고
금빛 몸체는 안개가 흩어진 것처럼 뿌옇게 빛나고
화려한 날개는 불꽃처럼 피어났다.
이 봉황이 훨훨 날기 시작하자
삼일이 지나도 내려와 앉지 않았다.
그때서야 사람들은 공수의 솜씨에 찬탄을 금치 못했다.

— 유자劉子

봉황의 조각만 그렇겠는가?

사람에 대한 평가도 마찬가지이다.

어떤 기생은 왜적의 장군과 춤을 덩실 추었으나

나라를 위해서 그랬고,

어떤 사람은 평생 민주주의를 위해 싸우다가도

권세를 따라 누추해진 몸으로

생애를 마쳤다.

그러므로

비겁해 보이는 행동도

뜻이 있어서 그럴 수 있고,

용감해 보이는 행동도

음흉한 목적을 가질 수 있다.

봉황의 조각에 대해서만 그런 것이 아니라

사람에 대한 평가도 서둘러서는 안 된다.

"개관이정蓋棺而定"

관뚜껑을 덮고서야 그 사람의 생애를 평가할 수 있다는 말이다.

대들보 바꾸기

초楚나라 왕이 재상을 파직시키려 하자
신하 의신宜申이 말했다.
"대들보가 못 쓰게 되면 분명히 바꾸어야 합니다.
그러나 반드시 좋은 대들보감을
먼저 골라놓고 바꾸어야 합니다.
만약 큰 나무가 없다 하여
작은 나무를 여러 개 묶어 대들보로 삼는다면,
이 나무는 부러지고 집은 내려앉을 것입니다."
훗날, 명明나라 태조가 승상 이선장李善長을 파직시키려고 하자
다른 신하가 똑같이 말했다.
"기둥을 바꾸려면 반드시 큰 재목을 먼저 구해야만 합니다.
큰 나무가 없다고 하여 작은 나무를 묶어 쓰면
집이 무너집니다."

— 욱리자郁離子

사람을 바꿀 때는
다음 사람을 대비해놓고 바꾸어야 한다.
감정에 치우치면
앞사람보다 못한 사람으로 바꿀 수 있다.
집을 바꿀 때도
다음 집을 대비해놓고 바꾸어야 한다.
조선총독부 건물을 철거하는 것은
있을 수 있는 일이지만,
박물관을 짓지 않고 철거부터 시작하면
유물은 안전하게 보관될 수 있는가.
건물을 철거하기는 쉽지만
박물관을 새로 짓기는 쉬운 일이 아니고
더구나 유물이 손상되면 다시 얻을 수 없다.
준비 없이 바꾸거나
바꾸기를 서두르면
바꾸지 않는 것만 못할 때가 있다.

눈썹을 어디에 둘까

눈썹과 눈과 코와 입이 모두 신통한 점을 지니고 있었다.
하루는 입이 코에게 말했다.
"너는 무슨 재주가 있다고 내 위에 있느냐?"
코가 말했다.
"나는 냄새를 분별할 줄 안다.
냄새를 맡은 다음에야 네가 먹을 수 있지 않느냐.
그래서 나는 네 위에 있다."
그리고 코는 눈에게 물었다.
"너는 무슨 능력이 있다고 내 위에 있느냐?"
눈이 말했다.
"나는 곱고 추한 것을 볼 줄 알며
동서를 바라볼 줄 아니 공이 크다.
네 위에 있는 것이 당연하다."
코가 다시 말했다.

"그렇다면 눈썹은 무슨 능력이 있다고 내 위에 있느냐?"

눈썹이 말했다.

"나는 어떻게 그대들과 다투어야 할지 모르겠구나.

내가 만약 눈과 코의 아래에 있어야 한다면

얼굴 모양이 어떻게 되겠는가?"

— 취옹담록醉翁談錄

나만 잘났다는 생각을 빨리 버리자.
세상에서 나만 잘난 집단은 어디에도 없다.
부부 간에도 어떤 일에는 내가 옳지만
다른 일에서는 상대가 옳다.
가족 간에도 그렇다.
어떤 때는 자식에게서도 배울 것이 있으므로
어른만 잘날 수는 없다.
친구 사이에서도 나만 잘날 수는 없다.
모임에서도 그렇고 회사에서도 그렇고
나랏일에서도 그렇다.
나만 잘났다는 생각을 포기하는 방법은
나의 실수를 잊지 말고
나의 못난 점을 항상 생각하는 일이다.
그리고 가끔 나보다 잘난 사람을 만나는 일이다.
나만 잘났다고 생각하는 사람은 대개
자기보다 훌륭한 친구가 없는 사람이다.

굶어죽은 두 농부

망網이라는 사람과 물勿이라는 사람이
땅을 나누어 농사를 지었다.
그러나 워낙 잡초가 많아서
그들은 잡초를 모두 뽑아낼 수가 없었다.
망이라는 사람은 이를 참다 못해
벼와 잡초를 한꺼번에 베어내고
그 자리에 불을 놓아 태워버렸다.
그러자 벼는 죽고 잡초는 모두 되살아났다.
물이라는 사람도 참다 못해
잡초 뽑기를 포기하고
벼와 잡초를 모두 그대로 방치했다.
그러자 벼는 쭉정이로 변하고 잡초는 무성해졌다.
그리하여 그들은 모두 굶어죽을 수밖에 없었다.

— 욱리자郁離子

잡초가 많다고 벼와 잡초를 함께 태워버린 사람이나
잡초 뽑기를 아예 포기한 두 사람이 굶어죽게 된 것은
모두가 극단적인 방법을 선택했기 때문이다.
우리는 가끔 극단적인 것을 좋아하는 경향이 있다.
이런 경우에 극단적이지 않은 의견은
마치 미봉적이거나 용기가 없거나
심지어 진실하지 못한 것으로 생각되기도 한다.
그러나 극단적인 방법은 언제나 극단적인 모순을 낳는다.
극단적인 것은 언제나
다른 무엇인가를 포기하도록 만들기 때문이다.
조금은 답답하더라도 참아야 한다.
포기하는 것은 어리석은 일이다.
물 한 방울 나지 않는 사막에도 '포아'라는 풀이 산다.
이 풀은 5센티미터의 길이로 산다.
그러나 이 짧은 길이를 유지하기 위해
그 뿌리는 수 백킬로미터나 퍼져 나간다.
풀 같은 삶.
멋지지 않은가.

물고기 사랑

정나라에 물고기 기르기를
몹시 좋아하는 사람이 있었다.
그는 이런저런 그물을 놓아 물고기를 잡아왔다.
그리고는 정원에 그릇 세 개를 늘어놓고 물을 채운 다음
거기에다 고기를 길렀다.
어떤 사람이 말했다.
"고기는 강에서만 살 수 있습니다.
그런데 지금 당신은
한 바가지밖에 안 되는 물속에 고기를 넣고
날마다 장난이나 치면서
물고기를 사랑한다고 말합니다.
이렇게 한다면 죽지 않는 고기가 어디 있겠습니까?"
그러나 그는 귀담아듣지 않았다.
사흘이 지나자 물고기는 죽고 말았다.

그 사람은 그제야 남의 말을 듣지 않은 것을 후회했다.

백성은 물고기와 같고

오늘날의 정치인은 모두가 이 사람 같다.

— 연서燕書

좋아한다는 것,

쉬운 일이 아니다.

상대가 무엇을 좋아하는지 알지 못하면

이것은 불가능하다.

물고기를 좋아한다고

강에 가서 물을 길어오는 대신

내가 좋아하는 술을 주는 일은 없는가.

물고기는 술이 아닌 강물을 좋아한다.

토끼를 좋아한다고

산에 가서 풀을 베어오는 대신

내가 좋아하는 고기를 주는 일은 없는가.

토끼는 고기가 아닌 풀을 좋아한다.

상대가 무엇을 좋아하는지 살피지 않고

자기가 편한 것으로 대체해버리는 것,

고통을 주면서도 오히려

상대가 좋아할 것이라고 생각하는 것,

이것은 거짓이거나

아니면 무지이다.

기러기의 변고

어떤 연못에 흰 기러기가 모여 살았는데
밤에는 반드시 잠잘 자리를 골랐다.
그리고 사냥꾼에게 잡힐까 두려워하여
보초 기러기를 세워 살피게 하고
사람이 오면 울어 알리도록 했다.
기러기떼는 그런 방법으로 한동안 평안히 지냈다.
연못지기는 기러기들의 그 방법을 알아차리고
어느 날 횃불을 들어 보초 기러기를 환히 비추었다.
그러자 보초 기러기는 어지럽게 울어댔다.
연못지기는 급히 불을 껐다.
기러기떼는 모두 놀라 일어났으나 아무것도 보이지 않았다.
이렇게 서너 차례 반복하니
기러기떼는 보초 기러기가 자신들을 속였다고 여기고는
모두가 함께 그를 쪼아댔다.

얼마 지나지 않아 연못지기가 불을 들고 가까이 갔으나,
보초 기러기는 감히 울지 못했으며
뭇 기러기들은 모두 잠이 들어 있었다.
그리하여 한 마리도 남김없이 잡히고 말았다.

— 연서燕書

기러기떼는

보초 기러기의 진실을 믿지 않았다.

그리고 모두 잡혀 죽었다.

이처럼 진실이란 알기 어렵다.

이것이 더구나

사람과 사람 사이의 일일 때

진실은 정말 알기 어렵다.

오늘 진실로 믿었던 것이

내일은 진실이 아닌 것으로 나타나고,

오늘 거짓으로 믿었던 일이

내일은 진실로 나타나는 경우가 대단히 많다.

그러므로

소문을 듣고 함부로 사람을 판단하거나

몇 가지 행동을 보고 사람을 판단하는 것은

대단히 위험하다.

아무리 어려워도 방법은 있다

감지자監止子는 송宋나라의 거상巨商이었다.

그가 하루는 시장에 갔다.

그곳에는 마침 커다란 원석 옥덩이를 파는 사람이 있었다.

값이 백 냥이나 되는 비싼 것이었다.

그러나 이 원석 옥덩이가 워낙 크고 질이 좋은 것이어서

많은 상인들이 서로 사려고 야단이었다.

감지자도 이 옥덩이를 사고 싶었으나 쉽지가 않았다.

감지자는 이 옥덩이를 보는 척 하고 만지다가

일부러 땅에 떨어뜨렸다.

옥덩이는 깨져버렸다.

다른 상인들은 옥덩이가 깨지자

쳐다보지도 않고 모두 돌아갔다.

감지자는 원래의 값인 백 냥을 배상하고

그 옥덩이를 가져왔다.

감지자는 조각난 옥덩이를 가지고 돌아와
깨어진 부분을 갈고 닦아서
마침내 하나하나 옥으로 가공했다.
그 값어치는 천 냥이나 되었다.

— 한비자韓非子

감지자는

정상적으로는 자기가 옥을 살 수 없다는 것을 알았다.

그가 옥을 살 수 있었던 것은

전혀 새로운 사고에서 나왔다.

그러므로

아무리 어려운 경우라도

방법을 찾아보려는 노력이 필요하다.

앞을 보아 안 되면 뒤를 보고

뒤를 보아 안 되면 옆을 보고

옆을 보아 안 되면 위를 보고

위를 보아 안 되면 밑을 보고

그래도 안 되면

땅 밑까지 파보자.

하늘은 방법을 마련해놓는다.

다만 사람들이 찾으려 하지 않을 뿐이다.

호랑이 목에 걸린 방울은 누가 풀까

법등선사法燈禪師가 수도할 때
본성이 호탕하여 아무런 일도 하지 않고 지냈다.
그리하여 다른 사람들이 모두 그를 좋지 않게 보았으나
유독 법안선사法眼禪師만은 그를 아꼈다.
법안선사가 하루는 대중에게 물었다.
"호랑이의 목에 방울이 달렸는데
누가 그것을 풀 수 있겠느냐?"
아무도 이 물음에 대답하지 못했다.
그때 법등선사께서 다가오자
법안선사는 그에게도 같은 질문을 던졌다.
그러자 법등선사는 선선히 대답했다.
"그 방울을 매단 사람이 풀 수도 있겠지요."

— 수월재지월록水月齋指月錄

결자해지結者解之,

'맺은 자가 풀어야 한다'는 말이다.

호랑이 목에 달린 방울은

그 방울을 매단 사람만이 풀 수 있다.

원인을 제공한 사람이

결과를 풀어야 하므로.

이 말은 반대로

원인을 제공할 때는

풀어갈 일도 생각해야 하므로,

풀어갈 수 없는 일은

함부로 만들지 말라는 경고의 의미도 가진다.

《명심보감》에서도 말했다.

"권하노니 원한을 맺지 말라.

원한이 심하면 풀기 어렵다.

하루 맺은 원한이

삼 년 동안 풀어도 시원하게 해결되지 않느니."

勸君莫結冤 冤深難解結

一日結成冤 千日解不徹

비범과 평범

백락伯樂은
자기가 싫어하는 사람에게는
명마를 감별하는 방법을 가르쳤고,
자기가 좋아하는 사람에게는
평범한 말을 감별하는 방법을 가르쳤다.
왜냐하면
뛰어난 말은 그리 흔한 것이 아니어서
어쩌다 겨우 한두 마리가 있을 뿐이므로
말을 감별하여 생계를 유지하기가 어렵지만,
평범한 말은 그 수가 많아 매일 매매가 이루어지므로
말을 감별하는 것으로도 생계가 유지되기 때문이었다.

— 한비자韓非子

비범한 것이 언제나 귀한 것은 아니다.
가끔은 평범한 것이 오히려 유용하다.
밤에 전기가 고장났을 때는
두꺼비집을 손볼 줄 아는 것이
책을 읽는 것보다도 중요하고,
아이가 급체했을 때는
손끝을 딸 줄 아는 것이
기도하는 것보다 유용하다.
두꺼비집을 고치는 것이나
손끝 따는 것을 배우는 데는
한 시간도 안 걸린다.

여러 가지 이름을 가진 고양이

어떤 사람이 고양이 한 마리를 기르고 있었다.
주인은 이 고양이가 기이하게 생겼다고 하여
'호랑이고양이' 라고 불렀다.
한 손님이 주인에게 말했다.
"호랑이는 정말 사납습니다.
그러나 신령스럽기는 용만 못합니다.
그러니 '용고양이' 란 이름으로 바꾸십시오."
또 다른 손님이 말했다.
"용은 정말 호랑이보다는 신령스럽습니다.
그러나 용은 승천하면 구름을 타야 하니
구름이 용보다 더 높습니다.
그러니 '구름고양이' 라고 부르는 것만 못합니다."
또 다른 손님이 말했다.
"구름은 하늘을 가리지만 바람이 불면 흩어집니다.

그러니 구름은 바람만 못합니다.
'바람고양이' 라고 이름을 바꾸십시오."
또 한 손님이 말했다.
"센 바람이 몰아쳐도 벽으로 둘러치면
충분히 막을 수 있습니다.
그러니 바람이 어찌 벽만 하겠습니까?
'벽고양이' 라고 이름 짓는 것이 좋습니다."
또 다른 손님이 말했다.
"벽은 진정 단단하지만 쥐가 구멍을 뚫으면 허물어집니다.
그러니 벽이 어찌 쥐만 하겠습니까?
'쥐고양이' 라고 이름 짓는 것이 좋습니다."
동쪽 마을의 어른이 이를 비웃으며 말했다.
"하하하, 쥐를 잡는 것이 고양이다.
고양이는 그저 고양이일 뿐이다.
무엇 때문에 그 본색을 잃게 하는가?"

— 응해록應諧錄

우리의 착각.

이름을 바꾸면 본질도 바뀌는 줄 안다.

어떠한 이름의 고양이도 고양이이듯

위대한 사람과 보통 사람도

사람에 다름 아니다.

위대한 인물도 사람이고 걸인도 사람이다.

이름으로 사람을 규정지어놓고

그 이름에 현혹되어 사는 삶은 고달프다.

남을 탓하기

어떤 사람이 술빚는 방법을 술집 주인에게 묻자,
술집 주인이 말해주었다.
"쌀 한 말과 누룩 한 냥에다 물 두 말을 붓고 섞어서
이레 동안 숙성시키면 술이 됩니다."
그 사람은 건망증이 심했다.
그는 집으로 돌아와 누룩 한 냥과 물 두 말을 섞어두었다.
그리고는 이레 후에 맛을 보니 여전히 물이었다.
그는 술집에 가서 진짜 방법을 가르쳐주지 않았다고 따졌다.
술집 주인이 말했다.
"가르쳐준 방법대로 하지 않았지요?"
그러자 그가 말했다.
"가르쳐준 방법대로 누룩 한 냥에 물 두 말을 넣었네."
술집 주인이 물었다.
"쌀은 넣었겠지요?"

그때서야 그는 고개를 숙이고 생각해보더니 대답했다.
"내가 그만 쌀 넣는 것을 잊었네."
아! 술의 근본을 잊고 술을 구하다가 얻지 못하고는
오히려 가르쳐준 사람이 잘못했다고 원망하는구나!
근본은 모르고 말단만 좇다가
학문을 이루지 못하는 세상의 학도들이
이와 무엇이 다르겠는가?

— 설도해사雪濤諧史

쌀을 빼고 물 두 말과
누룩 한 냥을 이레 동안
아무리 정성들여도 술맛이 안 나듯이
근본을 잊고 말단만 따르면
결국 목표에 도달하지 못한다.
학문이 그렇고
기술이 그렇고
교육이 그렇고
정치 경제가 모두 그렇다.
그렇다면
이렇게 모두가 아는 것을 왜 안 하는가?
근본이란
보려는 사람에게만 보이고
생각했다가도 곧 잊혀지기 쉽고
행하기에는 인내와 시간이 걸리는 것이어서,
이런 것을 주장하면 마치
멍청이처럼 보이기 때문이다.

원숭이의 소망

원숭이가 죽어서 염라대왕을 만났다.

원숭이는 염라대왕에게 사람으로 태어나게 해달라고 졸랐다.

염라대왕이 말했다.

"사람이 되려면 네 몸에 있는 털을 다 뽑아내야 한다."

염라대왕은 야차夜叉라는 귀신을 불러

원숭이의 털을 뽑게 했다.

야차가 손을 내밀어 털 한 오라기를 뽑아내자,

원숭이는 아픔을 참지 못하고 소리를 질러댔다.

그러자 염라대왕이 웃으며 말했다.

"털 한 오라기 뽑는 아픔도 참지 못하면서

어떻게 사람이 되겠다는 것이냐?"

— 소림笑林

소망을 가질 때는
그것이 달성되는 과정도 항상
염두에 두어야 한다.
과정을 생각하지 않으면
아주 손쉬워 보이는 일도
과정을 생각하면
만만치 않은 일이 얼마나 많은가.
더욱
나의 소망을 남에게 부탁하여 이루고자 할 때는
반드시
그 일이 이루어지는 과정을 생각해야 한다.
이를 생각하지 않으면
남을 쓸데없이 오해하거나
남을 쓸데없이 괴롭히거나
남을 쓸데없이 괴롭히고도 괴롭힌 줄을 모른다.

제9장
낮에는 하인 밤에는 제왕

신선주 이야기

옛날 절동浙東 동려현桐廬縣이라는 곳에
술이 솟아나는 우물이 있었다.
전하는 말에 따르면 다음과 같다.
어떤 가난한 도인이 주막에 와서 술을 마시고 떠나려 할 때
그 주인이 술값을 받지 않았다.
도인은 이를 고마워하며
짐 속에서 두 알의 약을 꺼내어 우물에 던져넣고
그 술집을 떠났다.
다음날 우물물이 갑자기 부글부글 끓기 시작했다.
주인이 이상하게 여겨 떠 마셔보니
우물은 온통 달콤한 술로 변해 있었다.
그리하여 세간에서는
그 샘에서 나는 술을 '신선주' 라고 불렀다.
술집 주인은 그 술을 팔아 큰 부자가 되었다.

훗날 그 도인이 다시 이 술집을 찾았다.
주인의 아내가 그를 알아보고는 말했다.
"술은 맛이 있습니다.
그러나 술찌끼가 없어
돼지를 먹일 수 없는 것이 유감입니다."
그 말을 들은 도인은 탄식을 금치 못했다.
그리고 손으로 우물 속을 더듬어
예전의 알약을 찾아냈다.
도인은 그것을 다시 짐 속에 넣고 길을 떠났다.
그러자 우물은 다시 예전의 우물로 변하여
술은 없어지고 물로 가득찼다.

— 고금담개古今談槪

멈출 줄을 알아야 한다.

적절한 선에서 만족하고

더 이상 요구하지 않는 것을

멈춘다고 한다.

멈출 줄 모르는 욕망,

욕망의 끝에는 무엇이 있는가?

"만족할 줄을 알고

그것으로 항상 만족하라.

그리하면 종신토록 욕을 당하는 일이 없을 것이다.

멈추어야 할 줄을 알고

거기에서 항상 멈추어라.

그리하면 종신토록 수모를 당하는 일이 없을 것이다."

知足常足 終身不辱 知止常止 終身無恥

《명심보감》에 있는 말이다.

아궁이 앞에서 자리 다투기

양자楊子가 노자老子를 만났다.
노자가 하늘을 쳐다보고 탄식하며 말했다.
"처음에는 내가 그대를 가르칠 수 있다고 생각했는데
이제 보니 그대를 가르칠 수가 없구려."
양자는 아무 말도 하지 않고 객사로 돌아가서
세수를 하고 양치질을 하고 머리를 빗고
모자를 고쳐 쓴 다음 신발을 문 밖에 벗어놓고
무릎으로 기어가서 노자를 만나 말했다.
"조금 전에 선생님께서는 하늘을 우러러 탄식하시면서
처음에는 저를 가르칠 수 있다고 생각했으나
이제 보니 가르칠 수 없다고 말씀하셨습니다.
그 이유를 알고 싶습니다."
노자가 대답했다.
"그대는 두 눈을 부릅뜨고 오만한 자세로

다른 사람을 대하고 있으니
누가 그대와 더불어 함께 지내려 하겠는가?
완벽한 흰색은 오히려 얼룩져 보이듯이,
완전한 덕을 갖춘 사람은 오히려
덕이 부족한 듯 보이는 법이야."
양자는 송구스러운 얼굴빛으로 말했다.
"삼가 가르침을 받들겠습니다."
양자가 노자를 만나기 위하여 객사를 떠날 때만 해도
객사에 든 사람들이 그를 공손히 전송했으며,
객사의 주인이 그의 자리 시중을 들었고
그의 처는 망건을 씌워주고 빗질을 도와주었으며,
그가 들어오면
부엌에서 불을 쬐던 사람들이 아궁이 앞에서 물러섰었다.
그러나 그가 노자를 만나고 돌아오자
객사 사람들은 그와 아궁이 앞자리를 다투게 되었다.
양자는 이미 그들과 친구로 변해 있었던 것이다.

— 열자列子

땅콩을 팔면 땅콩장수처럼 보이고
교단에 서면 선생처럼 보이고
바보들 사이에서는 바보처럼 보이고
모르는 것이 있으면 학생처럼 보이고
병영에 들어가면 군인처럼 보이고
공장에 들어가면 노동자처럼 보이고
마을에 살면 농사 짓는 사람들과 허물없이 지내는
그런 사람이 정말
멋진 사람이 아닐까?
권위에 물들지 않고
사람을 그저 사람으로 대하는 사람.

공자의 운명론

공자가 광匡이라는 곳에 갔을 때
송宋나라 군사들이 갑자기 몰려와
공자를 체포하려고 했다.
그러나 공자는 태연하게 거문고를 뜯으며 노래를 불렀다.
그의 제자인 자로子路가 옆에 있다가 공자에게 물었다.
"이렇게 위험한 상황에서
어떻게 노래를 계속 부를 수 있습니까?"
공자가 대답했다.
"나도 불우한 생활을 싫어하지만
결국 이 생활을 면할 수 없었다.
나는 이것이 나의 운명임을 알았다.
나는 나의 뜻이 세상에 펴지기를 희망했으나
이것도 이루어지지 않았다.
이것은 내가 때를 타고나지 못했기 때문임을 알았다.

불우한 지경에 처하게 되더라도 그것을 운명으로 알며
자기의 뜻이 펴지거나 안 펴지는 것은
시대가 결정하는 것임을 알아서
커다란 고난을 당하더라도 두려워하지 않는 것이
성인의 용기이다.
너는 이제 알겠느냐?
나의 운명은 이미 하늘에서 정한 것이니
내가 군사들에게 잡혀 갈 운명이면 잡혀 가는 것이고
잡히지 않을 운명이면 결국은 잡혀 가지 않을 것 아니냐?
그러니 태평하게 노래를 하는 것이지."
이러한 대화가 오가고 얼마 되지 않아서
다른 군인들이 나타나 공자에게 말했다.
"선생님을 폭도의 무리로 잘못 알고
무례한 행동을 하였습니다.
이제 사실이 밝혀졌으니 사과드리고 물러갑니다."

— 장자莊子

운명이 정해져 있다면

어차피 그렇게 될 것인데

무엇을 두려워하랴.

무엇이 실망스러우랴.

그러므로

두려움 없이

실망하지 않고

나의 일을 해나간다.

이것이 공자의 운명론이다.

그러므로 운명론을

나태와 비관의 근거로 삼는 것은

용렬하다.

"운명은

약한 자에게 강하고

강한 자에게 약하다."

철인 세네카의 말이다.

도망간 편작

편작扁鵲이 채蔡나라의 환공桓公을 만났다.
그는 잠시 환공의 얼굴을 보다가 말했다.
"공의 피부에 병이 났습니다.
지금 치료를 시작하지 않으면
장차 병이 깊어질까 두렵습니다."
환공이 말했다.
"과인은 병이 없도다."
편작이 물러 나오자 환공은 말했다.
"의사라는 것들은 병도 없는 사람을 치료해주고
공을 세우려 하는구나."
열흘 후에 편작이 다시 환공을 보고 말했다.
"공의 병은 이미 피부 안으로 들어갔습니다.
지금 치료하지 않으면 더욱 깊어질 것입니다."
그러나 환공은 응하지 않고 오히려 불쾌하게 생각했다.

열흘 후에 편작은 다시 환공을 만났다.

그는 말했다.

"공의 병은 이미 위장과 내장에 들어갔습니다.

지금 치료하지 않으면 장차 더욱 심해질 것입니다."

그러나 환공은 역시 이에 응하지 않았다.

다시 열흘이 지나자 편작은 환공을 멀리서 보고

채나라를 떠나 진나라로 도망쳤다.

그는 이미 환공의 병이 치료될 수 없음을 알았고,

그 병을 치료하지 못하면

자신이 책임져야 한다는 것도 알았기 때문이었다.

이로부터 닷새 후에 환공은 몸이 아파오기 시작하였다.

그는 서둘러 편작을 찾았으나 이미 도망친 후였다.

결국 환공은 죽고 말았다.

— 한비자韓非子

때를 놓친 환공의 병은
천하의 명의인 편작도 치료할 수 없었다.
어떤 일이든
시작해야 할 때를 알아보는 것이 중요하다.
처음에는 조금의 노력으로 해결할 수 있는 일도
때를 놓치면 큰일이 되고,
경우에 따라서는
큰 노력을 들이고도 해결이 불가능하게 된다.
시작해야 할 때를 알아보는 지혜는 크다.
그러나 대개의 일은
늦다고 생각하는 그때라도 시작해야 한다.
'만사에 늦는 법은 없다'는 말도 있으니까.

알묘조장 揠苗助長

송宋나라에 볏모가 빨리 자라지 않는 것을
걱정하는 사람이 있었다.
그가 하루는 논에 나가서
볏모를 모두 뽑아 올려주었다.
그리고는 황망히 집으로 돌아와서 가족들에게 말했다.
"오늘은 병이 날 정도로 일을 많이 했다.
볏모가 빨리 자라도록 도와주고 왔거든."
그의 아들이 논으로 뛰어가보니
볏모는 이미 모두 말라죽어 있었다.

— 맹자孟子

부모가 자식 돕기.

진정한 도움은 무엇인가?

부모가 원하는 것은 자기의 자식이

다른 사람들에게서 사랑받는 것이다.

오늘날의 부모는 어떤가?

자녀에게 이기심을 길러주고

자녀에게 무질서가 유리하다고 가르쳐주고

자녀에게 정직이 강하다는 것도 가르치지 않는다.

그 부모는 이기심이 강한 사람을 좋아하는가.

그 부모는 질서를 지키지 않는 사람을 좋아하는가.

그 부모는 정직하지 않은 사람을 좋아하는가.

자기가 안 그렇다면

남들도 그렇지 않을 것이다.

그러므로 오늘날의 부모는 자녀로 하여금

집 밖에 나가서 사랑받지 못하도록 가르친다.

그리고 그것을 사랑이라고 착각한다.

집 안에서만 사랑받는 자식을 기르는 것.

볏모를 뽑아 올려놓고 도와주었다고 생각하는 것.

소문의 진상

송宋나라에 정 씨鄭氏가 살았다.

그의 집에는 우물이 없어서 매일 물을 길어와야 했다.

이 일이 너무나 힘들어서 그는

사람을 고용하여 물을 길어오게 했다.

그러다가 그는 집 안에 우물을 팠다.

그리고 당연히 물을 길어오던 사람도 돌려보냈다.

정 씨가 사람들에게 말했다.

"우물을 팠더니 한 사람 품을 벌었네."

이 말을 들은 사람이 다른 사람에게 말했다.

"정 씨가 우물을 파고 한 사람을 얻었다네."

이 말을 들은 사람이 또 다른 사람에게 말했다.

"정 씨가 우물을 파니 사람이 나왔다네."

이리하여 온 나라에

정 씨네 우물 속에서 사람이 나왔다는 소문이 돌았다.

이 소문은 왕의 귀에도 들어갔다.
왕은 정 씨에게 사람을 보내
이것이 진실인가를 물어보게 했다.
정 씨가 대답했다.
"우물을 파니 물을 길어올 필요가 없어서
한 사람 품을 얻었다는 말이지,
우물 속에서 사람이 나온 것이 아닙니다."

— 여씨춘추呂氏春秋

소문을 함부로 믿어서는 안 된다.

"누가 보았다더라"라는

꼬리를 달고 있는 소문도

대개 '본 사람'은 나타나지 않는다.

낮에는 하인 밤에는 제왕

주周나라에 성이 윤 씨尹氏인 재산가가 살았다.
그의 하인들은 아침부터 저녁까지 쉴 수가 없었다.
하인 가운데 노인이 하나 있었다.
그 노인은 나이가 들었으나 주인을 위하여 열심히 일했다.
그러다가 밤이 되면 정신이 혼미한 가운데 잠이 들었다.
그는 밤마다 나라의 임금이 되는 꿈을 꾸었다.
꿈속에서 그는 온 나라의 일을 총괄했고
궁전에서 놀고 연회를 하고 바라는 일을 모두 할 수 있었다.
이 즐거움은 비길 데가 없었다.
그러나 꿈에서 깨어나면 다시 고된 일을 시작했다.
어떤 사람이 그가 일하는 모습을 보고
측은하게 여겨 위로하자 그가 말했다.
"인생 백년은 낮과 밤으로 나뉘어집니다.
나는 낮이면 하인이 되어 일을 하지만,

밤이면 나라의 임금이 되니 그 즐거움은 비길 데가 없습니다.
내 생활에는 원망스러운 것이 없습니다."
한편 주인 윤 씨는 세상일을 걱정하고
하인들을 힘껏 부려 집안일을 처리하기에 바빴다.
그 역시 몸과 마음이 피곤하여 밤이 되면
정신이 혼미한 채로 잠이 들었고,
노인과 마찬가지로 매일 꿈을 꾸었다.
꿈속에서 그는 매일 다른 사람의 하인이 되어
꿈을 깰 때까지 이리저리 뛰어야 했으며
욕을 먹고 매질을 당하지 않는 날이 없었다.
그러다가 헛소리나 신음소리를 내면서
새벽이 되어서야 꿈에서 깼다.
윤 씨는 이러한 생활이 너무 괴로워서
친구를 찾아가 상의했다.
친구가 말했다.
"그대의 지위는 한 몸을 영화롭게 하기에 충분하고,
재산은 여유가 있으니 모든 조건이 다른 사람보다 훨씬 좋소.
그러므로 밤에는 다른 사람의 하인이 되어 괴로움을 당하고

낮에는 편안함을 느끼는 것이 반복되는 것은
정상적인 법칙이오.
그대가 낮에도 편안하고
꿈을 꿀 때도 편안함을 느끼려 하는 것은 불가능한 일이오."
윤 씨는 친구의 말을 듣고 곧바로 하인들의 일을 줄여주고
걱정하던 일도 줄였더니,
그 후로 꿈속에서의 고생도 훨씬 줄었다.

— 열자列子

많은 경우에 있어서 삶은 공평하다.

다만 삶을 공평하다고 보기 위해서는 한 가지 조건이 필요하다.

사소한 즐거움도 큰일만큼이나 그렇게

행복으로 알고, 느끼고, 즐겁게 생각할 줄 아는 조건이 그것이다.

우울할 때는 가끔 나에게 주어진 행복의 조건을 정리해보자.

죽지 않고 살아 있다는 사실

두 눈으로 눈앞의 풍경을 볼 수 있다는 사실

오늘 잠잘 곳이 있고

내일도 세 끼를 먹을 수 있다는 사실

부모가 계시다면 부모가 계시다는 사실

형제가 있다면 형제가 있다는 사실

내 나라가 있다는 사실.

죽음을 눈앞에 둔 사람과 그 가족은

내일도 살아갈 것이 분명한 지금의 당신을 한없이 부러워한다.

지금 당신이 어떠한 어려움에 있을지라도

언젠가 미래에 당신 스스로

차라리 지금의 당신이 한없이 그리울

그러한 때가 올 수도 있다.

망각이 없다면

송宋나라에 화자華子라는 사람이 살았다.
그는 중년에 건망증이 생겨서 아침에 얻은 것을
저녁에 잊고, 저녁에 준 것을 아침이면 잊었다.
길에서는 가는 곳을 잊었고
방에서는 앉는 곳을 잊었으며
조금 후에는 조금 전의 일을 잊어버렸다.
온 집안이 이를 걱정하여 점쟁이를 찾아가 점을 쳐보아도
점괘가 나오지 않았으며,
무당을 찾아가 빌어보았으나 효험이 없었고,
의사를 찾아가 고쳐보려 해도 치료되지 않았다.
이때 노魯나라의 한 선비가 자청하여
이 병을 고쳐보겠다고 나섰다.
선비가 말했다.
"병은 나을 수가 있습니다.

환자와 내가 독방에서 일주일만 살게 해주십시오."
일주일 후에 과연 화자는 병이 모두 나았다.
화자는 모든 기억을 되살릴 수 있었다.
그러나 기억을 되살린 화자는 크게 노하여 아내를 내쫓고
자식들에게 벌을 주었으며 창을 들고 선비를 내몰았다.
송나라 사람들이 그 이유를 물었더니 다음과 같이 대답했다.
"전에 내가 모든 것을 잊고 있을 때는
하늘과 땅이 있는지 없는지도 깨닫지 못했습니다.
지금 갑자기 모든 것을 알게 되니
수십 년 동안 쌓여온 것과 사라진 것,
얻은 것과 잃은 것, 슬픈 일과 즐거운 일,
좋아하는 것과 싫어하는 것이
모두 실타래처럼 줄줄이 생각납니다.
앞으로도 존재와 사라짐의 문제 때문에
얻음과 잃음, 슬픔과 즐거움, 좋아함과 싫어함의 문제 때문에
나의 마음이 이처럼 어지럽게 되지 않을까 두렵습니다.
잠깐 사이의 망각이라도 다시 얻을 수는 없을까요?"

— 열자列子

기억에서

모든 행복과 즐거움이 나오지만,

증오와 원한도 또한

기억에서 나온다.

그러므로

기억해야 할 일을 잊고

잊어야 할 일을 기억하는 사람은

항상 괴롭고,

기억해야 할 일을 기억하고

잊어야 할 일을 잊는 사람은

항상 행복하다.

망각은 선녀처럼 부드럽다.

모든 것을 용서하고

심지어 증오조차도 사랑으로 바꾸어놓는다.

누가 미워질 때는 가끔

내가 불행하다고 느낄 때도 가끔

망각의 여행을 떠나보자.

아버지와 갈매기

바닷가에 사는 사람 중에 갈매기를 좋아하는 사람이 있었다.
그는 매일 아침 바닷가로 가서 갈매기와 더불어 놀았다.
그에게 날아와 노는 갈매기는 백 마리도 넘었다.
어느 날 그의 아버지가 부탁했다.
"내가 듣건대 갈매기들이 모두 너와 친하다고 하니
내일은 갈매기 좀 잡아오렴.
나도 갈매기를 데리고 놀고 싶구나."
그 사람이 다음날 바닷가에 나가보니
갈매기는 하늘에서 맴돌 뿐 한 마리도 내려오지 않았다.

— 열자列子

갈매기가 사람의 마음을 먼저 알듯이
개도 주인의 마음을 알고
자식도 부모의 마음을 알고
아이도 어른의 마음을 미리 안다.
그러니
하늘이 어찌 사람의 마음을 모르겠는가.
속임은 부질없는 것.
사람이 몰라도 하늘은 안다.
"사람끼리 소곤거리는 말도
하늘의 귀에는 우레처럼 크게 들리고
어두운 방에서 홀로 자기 마음을 속인다 해도
하늘의 눈에는 번개처럼 밝게 보인다."
人間私語 天聽若雷 暗室欺心 神目如電
《명심보감》에 나오는 말이다.

고향을 찾은 노인

연燕나라에서 태어났으나
초楚나라에 가서 한평생 살았던 사람이 있었다.
그가 나이 들어 늙자 자기 나라로 돌아가게 되었다.
진晉나라를 지나면서 그와 동행하던 사람이
일부러 그에게 거짓말을 했다.
동행하던 사람은 진나라의 성을 가리키면서 말했다.
"저것이 당신의 고향인 연나라의 성이오."
노인은 슬픈 표정으로 성을 바라보았다.
동행하던 사람이 사당을 가리키면서 말했다.
"저것이 당신 마을의 사당이오."
노인은 감회에 젖어 길게 탄식했다.
동행하던 사람이 쓰러져가는 집을 가리키면서 말했다.
"저것이 당신 아버님이 사시던 움막이오."
노인은 눈물을 줄줄 흘리며 울었다.

동행하던 사람이
풀잎으로 덮인 무성한 무덤을 가리키면서 말했다.
"저것이 당신 아버님의 무덤이라오."
이 말을 듣자 노인은 마침내 통곡을 했다.
그러자 동행하던 사람이 크게 웃으면서 말했다.
"내가 당신을 속였소. 이곳은 연나라가 아니라 진나라라오."
이런 일이 있고 난 얼마 후
노인은 연나라에 도착했다.
그리고 연나라의 성과 사당과
선친의 움막과 무덤을 보았지만,
이전처럼 그렇게 슬프지는 않았다.

— 열자列子

감정이란 항상 변한다.

어느 날 슬픔을 주었던 풍경도

훗날에는 기쁨을 줄 수 있고,

기쁨을 주었던 풍경도

때가 바뀌면 눈물을 머금게 한다.

사랑하던 사람을 증오할 수도 있고

증오하던 사람을 사랑할 수 있듯이.

그러나 감정이 변한다는 것은 소중하다.

사람의 감정이 영원히 변치 않는다고 가정해보라.

영원한 사랑도 존재하지만

영원한 증오도 존재한다.

죽음이 없다면

제齊나라 경공景公이 우산牛山에 놀러갔다가
눈앞에 펼쳐진 풍경을 보고 눈물을 흘리며 말했다.
"아름답구나, 내 나라여!
초목은 울창하고 신선한데
어찌하여 나는 이 나라를 버리고 죽어야 하는가?
만약 죽음이 없었다면
내가 이곳을 떠나지 않아도 될 터인데!"
경공의 신하인 사공史孔과 양구거梁丘據도
따라 울면서 말했다.
"저희들은 임금님이 내려주시는 보잘것없는 음식을 먹고
아둔한 말과 작은 수레를 얻어 타고 살면서도
죽기를 바라지 않는데,
하물며 임금님께서야 어떠하시겠습니까?"
세 사람이 이러한 대화를 나누며 슬퍼하고 있는데,

옆에서 안자晏子가 홀로 미소를 짓고 있었다.
경공은 눈물을 닦고 안자를 돌아보며 말했다.
"오늘의 유람은 너무 슬퍼서
사공과 양구거도 모두 울고 있는데
그대는 홀로 웃고 있으니 왜 그런가?"
안자가 대답했다.
"만약 예로부터 죽음이 없이
현명한 사람들로 하여금 영원히 이 나라를 지키게 했더라면
태공太公이나 환공桓公이 지금까지
이 나라를 지켰을 것입니다.
만약 용기 있는 사람들로 하여금
이 나라를 영원히 지키게 했더라면
장공莊公이나 영공靈公이 지금까지
이 나라를 지켰을 것입니다.
이런 몇몇 임금들이 이 나라를 지키고 있다면
왕께서는 지금 도롱이 입고 삿갓 쓰고
밭이랑 가운데 서서 농사일이나 하고 계셨을 것이니
어느 틈에 죽음을 생각하셨겠습니까?

그렇다면 왕께서 이러한 지위에 오르신 이유는 자명합니다.
그것은 죽음이 있었기 때문입니다.
번갈아 왕의 자리에 오르고
번갈아 그 자리를 떠나게 되어 있기 때문에
왕께도 왕이 될 차례가 돌아왔던 것입니다.
그런데도 죽음 때문에 눈물을 흘리는 것은
현명하지 못한 일입니다.
현명하지 못한 임금을 보고
또한 아첨하는 신하들을 보니
저절로 웃음이 나온 것입니다."
경공은 부끄러워하면서 술잔을 들어 스스로 벌주를 마시고,
두 신하들에게는 다시 두 잔 씩의 벌주를 마시게 했다.

— 열자列子

죽음이 없으면 경공은 왕이 될 수도 없었다.
그러면서도 자신은 죽지 않기를 희망했다.
이와 같이 자기의 입장에서만 보면
엄청난 모순도 보이지 않는다.
죽음이란 무엇인가.
죽음은 싫지만
정말 죽음이 없었다면
그리고 없을 것이라면
세상은 어찌 되겠는가.
내일이 있다는 것은 삶의 긴장을 더해 준다.
그러나 영원히 죽음이 없다면
새로운 내일은 존재하지 않는다.
죽음이 없다면 더욱더 무서운 것은
죽음 이후를 두려워하지 않는 것이다.
죽음 이후를 두려워하지 않는 세상은 무섭다.
그러므로 죽음 없는 세상은 혼란이다.
현명한 삶은 무엇인가.
반갑고 고맙게 죽음을 맞이하는 삶을 사는 것.

양치기는 못 해도 재상 노릇은 한다

양자楊子가 양梁나라 왕을 만나서,
천하를 다스리는 것은
손바닥 위에 물건을 가지고 노는 것처럼 쉽다고 말했다.
양나라 임금이 말했다.
"선생은 부인과 첩 하나도 다스리지 못하고
채마밭의 김매기 하나도 제대로 못 하면서
천하 다스리기를
손바닥 위에서 장난감을 가지고 노는 것처럼 할 수 있다니
도대체 어찌된 일이오?"
양자가 대답했다.
"임금님께서는 양치는 사람을 보신 적이 있으십니까?
오 척 동자에게 채찍 하나만 주어보십시오.
백 마리의 양을
동쪽으로 몰고 싶으면 동쪽으로,

서쪽으로 몰고 싶으면 서쪽으로 몰 수 있습니다.
그러나 요임금에게 한 마리의 양을 끌게 하고
순임금에게 채찍을 주어 그 뒤를 따르게 하더라도
그 양을 한 발짝도 앞으로 나아가게 할 수 없을 것입니다.
또한 제가 듣건대
배 한 척을 삼킬 만한 큰 고기는
적은 물에서는 헤엄치지 못하고,
큰 기러기는 높이 날되
연못에는 내려앉지 못합니다.
그러므로 큰 것을 다스리는 사람은
작은 것을 다스리지 못하는 법이며,
큰 공을 이룰 사람은
작은 공을 이루지 못하는 법입니다."

— 열자列子

이태백이 말했다.

하늘이 사람을 태어나게 할 때는

반드시 그가 할 일이 있는 법이라고.

각자에게는 각자의 할 일이 있다.

큰일을 하는 사람은

작은 일을 못 하고,

작은 일을 하는 사람은

큰일을 못 한다.

그러나 큰일과 작은 일에 가치의 차이가 있는 것은 아니다.

요임금이 양치기를 못 한다 하나

양치기가 없으면 나라일이 안 되고,

양자가 농사일을 못 한다 하나

농사일이 없으면 나라가 안 된다.

그러므로 모든 일은 그 가치를 가지며

일을 하는 모든 사람 또한 존재의 가치를 갖는다.

제10장
작은 욕심과 큰 욕심

말은 타고 가는 것보다 끌고 가는 것이 빠르다

공문을 빨리 전달해야 할 일이 생기자
상관은 심부름꾼의 걸음이 너무 느린 것을 걱정하여
그에게 말을 한 필 내주었다.
그는 서둘러 말을 끌면서 길을 걸었다.
다른 사람이 그에게 물었다.
"갈 길이 급한 모양인데 왜 말을 타지 않고 끌고 가는가?"
심부름꾼이 그를 보고 한심하다는 듯이 말했다.
"네 발로 가는 것이
어찌 여섯 발로 가는 것보다 빠를 수가 있겠소."

— 광소부廣笑府

여섯 발로 가는 것이

네 발로 가는 것보다 빠를 것 같다는 생각은 왜 틀리는가?

이것은 숫자만 보고 실제를 보지 않은 것이다.

이 말을 바꾸면

형식만 보고 실제를 보지 않았다는 것이 된다.

수석

강녕江寧 지방에 서역에서 온 상인이 있었다.
그가 하루는 어떤 사람의 집에서 기묘하게 생긴 돌을 보았다.
이 돌의 모양이 너무나 신기하여 상인은 이를 사고자 하였다.
그러나 주인은 가격을 매우 비싸게 부르고 팔지 않았다.
상인은 몇 차례나 그를 방문했으나 그때마다 가격만 올라갔다.
하루는 주인이 그 돌의 가격을 더 올릴 방도를 궁리하다가
마침내 돌을 예쁘게 갈아야겠다고 생각했다.
주인은 정성스럽게 돌을 갈았다.
다음날 상인이 다시 찾아왔다.
주인이 그에게 갈아놓은 돌을 내놓았으나
상인은 쳐다보지도 않고 돌아갔다.

— 향조필기香祖筆記

돌을 갈아야 할 때도 있고
원래의 모습대로 두어야 할 때도 있다.
세상의 모든 일이
또한 그렇다.

닭을 잡아먹는 고양이

조趙나라 사람 하나가 쥐가 많은 것을 걱정하여
중산국中山國에 고양이를 부탁했다.
중산국 사람이 그에게 고양이 한 마리를 주었다.
그 고양이는 쥐를 잘 잡았는데 또한 닭도 잘 잡아먹었다.
한 달 남짓 지나자 쥐는 모두 없어졌고 닭도 없어졌다.
아들이 걱정하여 아버지에게 말했다.
"왜 고양이를 없애지 않으십니까?"
아버지는 답했다.
"내가 걱정한 것은 쥐이지 닭이 아니다.
쥐가 있으면 내 음식을 훔쳐먹고 옷을 망치며
담장을 뚫고 기물들을 부수니
장차 생활이 빈궁해질 것이다.
그러나 닭이 없으면 닭고기를 먹지 않으면 그뿐 아니냐?"

— 욱리자郁離子

어떠한 사물이건 장단점이 있다.
따라서 사물을 취할 때는
취하려는 본래의 목표가 기준이 된다.
그 사물이 본래의 목표에 충실하다면
다른 단점은 과감히 덮어두어야 한다.
농사철에 여물이 아깝다고 소를 버릴 수 없듯이.
사람도 마찬가지이다.
그 사람을 취하는 본래의 목적에 맞으면
설령 다른 단점이 있을지라도
그 사람을 함부로 버려서는 안 된다.
다른 사람에게는 이 사람의 단점이 없을 수도 있지만,
그에게는 이 사람의 장점이 없을 수 있으니까.
세상에서 무서운 것.
본질을 떠난 말단이 지배하는 사고思考.
본질을 떠난 말단이 지배하는 사회社會.
본질에서 눈을 떼는 순간 항상 말단이 지배한다.
사고에도 사회에도
공백은 있을 수 없으니까.

고통받기 전에 치료해주면 고마운 줄을 모른다

편작偏鵲은 죽은 사람도 살려냈다는 중국의 명의名醫이다.
그런데 실은 그의 두 형들도 모두 의사였다.
다만 그의 두 형은 세상에 이름이 알려지지 않았다.
어느 날 위魏나라 왕이 편작에게 물었다.
"그대 삼형제 가운데 누가 병을 가장 잘 치료하는가?"
"큰형님의 의술이 가장 훌륭하고 다음은 둘째형님이며
저의 의술이 가장 낮은 수준입니다."
임금이 그 이유를 묻자 편작이 대답했다.
"큰형은 환자가 아픔을 느끼기 전에
얼굴빛을 보고 장차 병이 있을 것임을 압니다.
그가 병이 나기도 전에
병의 원인을 미리 제거해주었지요.
그러므로 환자는 아파보지도 않은 상태에서
치료를 받게 됩니다.

따라서 그는 저의 형이 고통을 제거해주었다는 사실을
알지 못합니다.
그래서 큰형은 명의로 소문나지 않았습니다.
둘째형은 환자의 병세가 미미한 상태에서
그의 병을 알고 치료해 줍니다.
그러므로 이 환자도 둘째형이 자신의 큰 병을 낫게 해주었다고
생각하지 않습니다.
그러나 저는 환자의 병이 커지고
환자가 고통으로 인하여 신음할 때가 되어서야
비로소 병을 알아봅니다.
그의 병이 심하므로 그의 맥을 짚어야 했으며
진기한 약을 먹이고 살을 도려내는 수술도 해야만 했습니다.
그런데 사람들은 나의 이러한 행위를 보고서야 비로소
내가 자신의 병을 고쳐주었다고 믿습니다.
제가 명의로 소문난 이유는 이것입니다."

— 갈관자鶡冠子

우리는
눈에 보이는 것만 믿으려 하고
보이지 않는 곳에서 소리 없이 진행되는
그런 일의 가치를 알려 하지 않는다.
그리고 보면
유명한 것이 반드시 훌륭한 것은 아니고
훌륭한 것이 반드시 유명한 것도 아니다.
가치 있는 행위라고 하여
반드시 타인에게 알려져야 할 이유도 없으며,
타인에게 널리 알려진 것이
반드시 가치 있는 것도 아니다.
자기 스스로 가치 있는 행위라고 믿으면
타인에게 그 가치의 인정을 요구하지 않고
묵묵히 그 가치를 추구해가는 삶이
또한 아름다워 보인다.

작은 욕심과 큰 욕심

정鄭나라에 한 재상이 살고 있었다.
그는 생선을 무척 즐겨 먹었다.
그러나 워낙 청빈하게 살았기 때문에
좋아하는 생선을 자주 먹을 수 없었다.
이 사실을 알게 된 사람 하나가
일을 부탁하기 위하여
그가 좋아하는 생선을 뇌물로 바쳤다.
그러나 이 재상은 그것을 받지 않고 돌려보냈다.
한 사람이 그에게 물었다
"당신은 생선을 그토록 좋아하면서 왜 받지 않았습니까?"
재상이 대답했다.
"내가 생선을 좋아하기 때문에 받지 않은 것일세.
생각해보게나.
내가 그 생선을 받으면

이는 부정한 행동을 한 것이니,
이것이 알려지면
결국은 내 직위를 잃게 될 것이 아닌가?
그리 되면 내가 봉록을 받지 못할 것이니
그나마 가끔 먹을 수 있던 생선마저 못 먹게 될 것이고,
내가 그것을 물리치면 계속 봉록을 받을 것이니
평생 생선을 먹을 수 있지 않겠는가?"

— 신서新書

사람은 욕심이 있어야 한다고 말한다.
이렇게 말하는 사람들은
욕심이야말로 진취적 행동의 원천이라고 믿는다.
실제로 욕심은 현 상황의 불만에서 시작하여
그 상황을 보다 낫게 개선하는
계기를 마련해준다고 할 수도 있다.
그러나 이러한 논리가 언제나 성립하는 것은 아니다.
이는 욕심의 성격이 문제되기 때문이다.
욕심에도 작은 욕심과 큰 욕심이 있다.
작은 욕심과 큰 욕심은 일반적으로
서로가 서로를 싫어하는 관계에 있기 때문에
하나를 얻으면 다른 하나는 버려야 한다.
그렇다면 행동을 결정하는 기준은 간단해진다.
작은 욕심을 버리고 큰 욕심을 부려서
보다 큰 것을 얻는 일이다.
우리가 살아가는 과정에서 더러는
작은 것에 얽매어 큰 것을 잃지 않는지 뒤돌아볼 일이다.

명궁과 제자

비위飛衛는 천하의 명궁이었다.
기창紀昌이라는 사람이
그에게서 활쏘기를 배우고자 했다.
비위가 그에게 말했다.
"먼저 눈을 깜빡거리지 않는 수련을 하게.
그런 뒤에야 활쏘기를 얘기할 수 있다네."
기창은 돌아가 아내의 베틀 아래 누워서
눈을 베틀채 끝에 대고 있었다.
그러기를 이 년 동안 계속하였다.
그는 마침내 송곳이 눈에 떨어진다 할지라도
눈을 깜빡이지 않게 되었다.
이를 비위에게 이야기하자 비위가 말했다.
"아직 멀었네.
다음에는 쳐다보는 수련을 해야 한다네.

작은 것이라도 크게 볼 수 있어야 하고,
희미한 것이라도 뚜렷하게 볼 수 있어야 하네."
기창은 머리털 끝에 이 한 마리를 잡아매어
창문에 걸어놓았다.
그리고 남쪽을 향해 서서 그것을 바라보았다.
열흘이 지나자 그것은 점점 크게 보이기 시작하더니
삼 년이 지난 뒤에는 수레바퀴처럼 크게 보였다.
그런 뒤에 다른 물건을 보았더니
모두가 산이나 언덕처럼 크게 보였다.
기창이 이를 비위에게 이야기하니
비위는 기뻐서 가슴을 치며 말했다.
"너는 활 쏘는 법을 터득했구나."
비위는 마침내 그에게 활쏘기를 가르쳤다.
기창이 비위의 기술을 다 배운 후에
자기를 대적할 수 있는 사람이
천하에 또 있는가를 살펴보았다.
그러나 스승인 비위 이외에는
아무도 자기를 당할 사람이 없었다.

기창은 천하 제일이 되기 위하여
마침내 스승인 비위를 죽이기로 결심하였다.
그들은 광야에서 마주 섰다.
그리고 서로를 향하여 활을 쏘았다.
그러나 중도에서 화살은 더 이상 날지 않았다.
두 사람이 쏜 화살이 서로 부딪쳐 땅에 떨어졌기 때문이었다.
화살이 떨어진 땅에서는 먼지 하나도 일지 않았다.
스승인 비위의 화살이 먼저 없어지고
기창에게는 한 대의 화살만이 남게 되었다.
기창은 마지막 화살을 날려보냈다.
그러자 비위는 나뭇가지 끝으로 그것을 막았는데
조금도 어긋남이 없었다.
두 사람은 활을 내던지고 울면서 서로 맞절을 하였다.
그들은 부자 관계를 맺기로 했다.
그러나 다른 사람은 누구도
그와 같은 배움의 길을 가지 못했다.

— 열자列子

배움의 처절함

진실한 배움의 인내와 성실이 주는 상호간의 신뢰

최상의 경쟁

상호간의 인정과 존경.

그러나 이렇게 아름다운 배움의 길을

왜 다른 사람들은 걸을 수 없었을까?

아무도

그토록 처절한 배움의 길을 가려 하지 않기 때문이다.

처절한 인내와 처절한 노력만이

처절한 기쁨을 준다.

수영을 잘하면 배도 잘 젓는다

안자顔子가 하루는 배를 타게 되었다.
그 배의 사공은 귀신처럼 멋지게 노를 저어갔다.
안자가 물었다.
"배 젓는 법을 배울 수 있겠는가?"
"물론입니다.
수영을 잘하는 사람은 연습만 하면 곧 배울 수 있고
잠수에 능한 사람은 배를 본 적이 없더라도
바로 저을 수 있습니다."
안자가 그 이유를 물었으나
사공은 말해주지 않았다.
안자는 이를 공자에게 말하고 답을 청했다.
공자가 말했다.
"수영을 잘하는 사람이 배를 잘 저을 수 있는 이유는
물을 의식하지 않기 때문이다.

그는 물에 빠지는 것을 두려워하지 않기 때문에
오로지 배 젓는 일에만 전념하게 된다.
잠수에 능한 사람은
배가 뒤집히더라도 결코 당황하지 않는다.
내기를 하는 경우에도 이와 같아서
기왓장 하나를 걸고 내기를 하면
기가 막히게 잘하는 사람이
그보다 조금 더 값진 물건을 걸고 내기를 하면 기가 죽고
황금을 걸고 내기를 하면
정신이 혼미해진다.
그 사람의 기술은 언제나 같지만
마음을 물건에 빼앗기면 행동은 뜻대로 되지 않는다."

— 장자莊子

마음에 두려움이 있거나

미혹됨이 있으면

자기의 능력을 다하지 못한다.

그러므로

일을 앞두었을 때는

마음에 두려움을 없애는 것

미혹됨을 없애는 것이 필요하다.

장자의 후회

어느 날 장자가 밤나무 밭을 지나고 있었다.
그때 까치 한 마리가
장자의 이마를 스치고 날아가 밤나무 숲에 앉았다.
장자는 그 까치를 잡기 위하여
돌멩이를 집어들고 까치가 앉은 곳으로 다가갔다.
까치가 날아가 앉은 밤나무에는 매미가 앉아 있었다.
그 매미 옆에는 사마귀가 매미를 노리고 있었다.
장자가 살펴보니 상황은 이러했다.
까치는 사마귀를 잡아먹으려다
장자가 자기를 잡으려 하는 것을 모르고 있었으며
사마귀는 매미를 잡아먹으려다
까치가 자기를 잡아먹으려는 것을 모르고 있었다.
장자는 슬픈 심정으로 중얼거렸다.
"아아! 생물은 이익을 좇다가

결국은 몸을 버리게 되는구나."
장자는 까치 잡기를 포기하고 밤나무 숲을 나왔다.
그러자 이번에는
장자가 밤을 훔쳐가는 줄 알고
밤나무 밭 주인이 장자에게 욕을 퍼부었다.
장자는 불쾌한 안색으로 사흘을 지냈다.
제자가 물었다.
"요즈음 안색이 안 좋은 이유가 무엇입니까?"
장자가 말했다.
"나는 까치 잡기에 정신이 팔려서
진정한 나 자신을 까마득히 잊고 있었다.
나는 애당초 까치를 잡으려 하지 말아야 했고,
따라서 밤나무 밭에도 들어가지 말아야 했다.
그런데 진실을 잠시 잊은 탓으로
밤나무 밭 주인한테 모욕을 당했다.
나는 이것이 부끄럽구나."

— 장자莊子

'정신일도하사불성精神一到何事不成'

정신을 한 곳으로 모으면

무슨 일인들 못 하겠느냐는 말이다.

그렇다.

마음을 한 곳으로 모으면

엄청난 일을 할 수 있다.

그러나 그 일이

자신의 이익과 관련되면

진실을 잃을 수 있다.

그러다가 마침내

객관성도 잃는다.

잠시라도 이익에 빠져

남의 오해를 받았던 장자의 아픈 기억이

이를 말해준다.

이익을 눈앞에 두고도

천연한 자세를 가질 수 있다면

이 사람은 큰일을 할 수 있다.

큰일을 못 해도 최소한 스스로는 행복하다.

불우한 인생

주周나라에 평생 관직에 오르지 못한 사나이가 있었다.
그는 나이가 들어 이미 백발이 되었다.
그는 지나온 인생을 슬퍼하다가
하루는 길가에서 통곡을 하고 있었다.
길 가던 사람이 그를 보고 물었다.
"왜 그렇게 우십니까?"
그 노인이 대답했다.
"나는 관직을 구했으나 평생 한 번도 기회가 오지 않았다오.
이제는 나이가 들어
앞으로는 영원히 기회가 올 것 같지 않으니
그것이 슬퍼서 우는 것이오."
길 가던 사람이 다시 물었다.
"어찌해서 관직에 오를 기회를
평생 한 번도 얻지 못했습니까?"

노인이 대답했다.

"내가 젊을 때는 공부를 했소.

공부를 끝내고 관직을 구하려는데

당시의 왕은 나이 든 사람을 좋아했다오.

이것이 그때 관직을 얻지 못한 이유라오.

나이 든 사람을 좋아하던 왕이 죽고 새 왕이 등극하였소.

그런데 그 왕은 무예를 좋아했다오.

나는 공부를 버리고 무예를 익혔소.

무예를 다 익히고 관직을 구하려 했을 때

그 왕이 세상을 떠났다오.

그리고 지금의 새 왕이 등극하였소.

그런데 이 왕은 젊은이를 좋아하오.

이리하여 나는 평생 한 번도 기회를 얻지 못한 것이오."

— 논형論衡

세상일에는 때가 있다.

이것은 억지로 되는 것이 아니다.

그렇다면 어찌해야 하는가.

꿋꿋이 자기의 길을 갈 수밖에 없다.

이 노인은 과연 불우하다.

왜 불우하게 되었을까?

그는 오로지 시대의 변화를 따랐다.

세상이 변하는 대로

자기를 바꾸어간 것이다.

그러나 사람이 세상의 변화를 모두 따를 수는 없다.

가장 확실한 것은

묵묵히 끈질기게

자기의 길을 가는 것이다.

세상이 나를 필요로 할 때까지.

잘못 쓴 제문

장모가 돌아가시자 사위가 제사를 지내러 가게 되었다.
그는 도중에 스승에게 들러
제문祭文을 써달라고 부탁했다.
스승은 제문이야말로 함부로 쓰는 것이 아니라 하여
옛 책을 펴놓고 한 글자 한 글자 정성스럽게 옮겨 썼다.
그러나 잘못하여 장인의 제문을 써주었다.
사위가 이 제문을 가지고 가자
글을 아는 사람이 이를 알고 몹시 노하였고,
상주도 스승을 심하게 탓했다.
사위가 이를 스승에게 알리자 스승이 대답했다.
"내가 본 책은 한 글자 한 글자를 정성들여 쓴 책이므로
틀릴 리가 없네.
아마도 그 집 사람이 잘못 죽었겠지."

— 광담조廣談助

오직 책을 믿는 것.

책을 잘못 보고도 오직 자기만을 믿는 것.

오직 한 가지만을 믿는 것.

이것은 이처럼 위험하다.

여우에게 가죽을 달라고 하면

주周나라 사람 중에
가죽옷과 진귀한 음식을 좋아하는 사람이 있었다.
그는 천금의 가치가 있는 가죽옷을 만들고 싶었다.
그래서 그는 여우를 찾아가 상의했다.
"여우야. 네 가죽 좀 줄 수 없겠니?
나는 값비싼 가죽옷을 만들고 싶단다."
그의 말이 끝나기도 전에
여우는 깊은 산속으로 도망쳐버렸다.
그는 또한 제사에 쓸 진귀한 음식을 만들고 싶었다.
그는 양을 찾아가 상의했다.
"양이여! 나는 진귀한 음식을 만들고 싶구나.
네 살을 좀 떼어줄 수 없을까?"
그러나 양도 그의 말이 끝나기 전에 숲 속으로 도망쳐버렸다.
그는 수없이 이러한 시도를 하였으나 모두 실패하여

십 년 동안 한 벌의 가죽옷도 만들지 못했고
오 년 동안 한번도 진귀한 음식을 만들지 못했다.
왜 그랬을까?
그의 계획 자체가 틀렸기 때문이다.

— 부자符子

일을 도모하기 위해서는
대상을 정확히 선택해야 한다.
이해관계가 상충되는 대상이
당신을 도와줄 리 없다.

은혜와 과오

한단邯鄲 지방의 한 백성이 정월 초하루 아침에
간자簡子에게 비둘기를 한 마리 바쳤다.
간자는 크게 기뻐하면서 그에게 후한 상을 내렸다.
손님이 까닭을 물으니 간자가 대답했다.
"정월 초하루 아침에 산 짐승을 풀어주어
백성들로 하여금 내가 은혜로운 사람이라는 걸
알게 하고자 함입니다."
손님이 말했다.
"안 됩니다.
임금님께서 살아 있는 비둘기를 구하여 놓아주시는 것을
백성들이 알면,
그들은 앞다투어 비둘기를 잡아다 바치려 할 것이고
그러다 보면 필경 비둘기가 많이 죽게 될 것입니다.
임금님께서 만약 비둘기를 살려주시려 한다면

백성들에게 아예 잡지 못하도록 금령을 내리는 것이 차라리 좋을 것입니다.
일단 잡았다가 다시 놓아주는 것은
아무리 은혜로워 보일지라도
결국은 과오에 불과할 것입니다."
간자가 말했다.
"그렇겠습니다."

— 열자列子

나의 무심한 행동이
남에게 어떠한 영향을 주는가.
사물에 어떠한 영향을 주는가.
은혜를 베풀고자 하는 행동도
경우에 따라서는 해악이 된다.
잡은 것을 놓아주어
은혜로움을 보이고자 할지라도
그것이 오히려
비둘기를 더 많이 죽이는 것처럼.
적선하는 것이
그를 나태하게 할 수도 있고,
격려하는 것이
그를 소심하게 할 수도 있고,
나라를 구한다는 것이
오히려 나라를 혼란케 할 수도 있다.
나의 행동이
남에게 어떠한 영향을 주는가.
사물에 어떠한 영향을 주는가.

참으로 알기 어렵다.

허영과 이익을 떠나는 것이

그래도 이를 알기에 가장 가까운 길이다.

허성도 교수의 중국고전 명상 · 생각

편저자 _ 허성도

1판 4쇄 인쇄 _ 2015년 11월 9일
1판 1쇄 발행 _ 2006년 10월 20일

펴낸이 _ 이보환
펴낸곳 _ 도서출판 사람과책
등록 _ 1994년 4월 20일(제16-878호)

주소 _ 135-907 서울시 강남구 역삼1동 605-10 세계빌딩 지층
전화 _ (02)556-1612~4
팩스 _ (02)556-6842
홈페이지 _ www.mannbook.com
이메일 _ man4book@gmail.com

ISBN 89-8117-096-7 03820